康赫 著

独行客

作家出版社

康赫

浙江萧山沙地人，垦荒者和流浪汉生养的儿子，1993年8月开始居住北京，经数度搬迁，从王府井来到了回龙观，随后从老家接娶了妻子，随后又有了一个儿子，其间换过许多职业，家庭教师，外企中文教员，时尚杂志专栏作者，大学网站主编，演出公司项目策划，地理杂志编辑，日报记者，戏剧导演，美食杂志出版人，影像作家，样态设计师，大学客座教师，当代艺术鞭尸人，影像写作倡导者，由实而虚，直至无业：一位从不写诗的诗人。"北京犹如沙地，是流浪汉们的故乡。"他说。因而他的命和他的父母一样，是垦荒。

我要讲的是少年郭毁在 T 城当游侠的故事。他独自穿越这座黑暗之城，去见自己心爱的女人布比。由于心灵长久受制于城市和自己丈夫施放的魔法，布比丧失了爱的能力。郭毁决心将她救出 T 城。

1

　　山路颠得厉害，将大巴车内的乘客打得东倒西歪。他们犯人似的低垂着脑袋，如同折了茎的莲蓬，口水一直拖到胸口，跟钟摆一般来回晃荡。天还没亮透，这样的颠动正好让他们在梦境里越跌越深。

　　现在，一道通红的霞光透过结满了臭哈气的车窗，像糖水一样融化在一张张昏睡的脸上。有几个乘客吧唧着嘴巴，挺一下脖子，试图将自己从梦乡一把拽出，但一时没睁开眼睛，又旋即沉沉睡去；他们留在人世的面孔刚刚泛出一分敏感激起的酸楚，又变得跟刚才一样苦闷。

　　汽车转过山顶，来到了背阴面，暖融融的霞

光随之消失。从车窗向下望去，一层厚厚的云雾挡住了底下大盆地的面目，唯有从几处大烟囱里送出的一卷卷黄褐色的浓烟告诉人们，拥挤的T城，他们的目的地，便隐藏在这密不透风的硫磺的重雾之下。汽车正飞速沉入一公里以下这深不可测的腹地。

好了好了，这世上总算还有几位不买悲观主义账的老顽固，他们咔嚓嚓睁开眼睛，用乡下人粗糙的手掌抹一把嘴角的口水，喉咙底下咕噜两声，点上一根现包的卷烟，涨红他们的关公脸，做起了晨咳操。接着，我们惯于无事生非的有生力量，白骨架子里长满了饥饿空洞的年轻人，也跟着醒过来，迫不及待地拉开车窗冲着山谷送去一声声怪叫。

天亮了，那些游荡在外的魂魄不得不再次回到我们身体里面。按照流传最深远的说法，这些在宇宙间东游西荡不知多少年的瞎混混，不过是在一副又一副皮囊里找新鲜，将它们百般折磨。我们并非它们的故乡，并非。不管怎么说，

4

有了灵魂的支持，大伙又活了过来。这群陌生男女借着汽车颠动，趁机你推我搡搂搂抱抱，哈哈大笑。不过，没有人交谈。交谈个屁，你还没来得及说出一句话来，它早已被震碎在你的牙缝里了。

大巴车刚驶上山脚下平整的柏油路，包工头老余立即转过脸，对身边的郭瑕说：

——老实说，你是故意的？

——故意什么？郭瑕翘起嘴角，眼神迷糊，像有什么东西看不清似的。

——想进城喽！

——我故意想进城？

——你故意将那块碎玻璃嵌进自己大腿里去。

——那不会。

——想见布比嘛。

——见布比？哪里会。我逃学在你这儿打工，随时都可以走人。

——话是这么说。走人？这是北京话吗？

——是的。

——你又不是北京人。

——我去玩过一次。

——就算吧。老余点着头陷入了沉思，然后眼睛一亮，又说道：

——可是那样的话你就没有工伤医疗了。

——我没向你申请过工伤医疗。

——那么说来你不要医疗费了。老余一下抓住郭碾不小心从嘴角露出的欲望的线头，轻轻地扯动着它底下那个可怜的小心肝。

——医疗费还是想要的。我来打工，挣点钱在 T 城耍子嘛。郭碾笑着投降了。

——耍子嘛，这下又是 T 城人了。着急死了，就想见到疯婆子布比。老余揶揄道，过了一会儿又缓缓说：

——大奶奶布比。

——你又没见过她的奶。

——没见过？夏天，为了她那对大奶奶，咱们耽误了多少工夫，你刷到她家的阳台就再不肯往前走了。老余说完，笑着将脑袋凑到郭碾耳边，问道：

——有没有把她日掉？

——没有。

——没有，老余的厚嘴唇不屑地翻了起来，我亲眼见你在她的大奶奶上刷了一道红油漆。

——又不是红油漆，防锈漆嘛，偷工减料。（过了一会儿，又）你真看到的？

——我嘛在她对面那家的阳台上干活。你只知道嘎扎嘎扎捏她的大奶奶，哪看得到我嘛。

——她先来弄我的，抢了我的刷子，往我屁股上刷。

——所以嘛，她家半天的活你干了两天。本当扣你一天工资。我听说那段时间她疯病要发作，是被老公关在那里的。

——重度抑郁加轻度狂躁好不好，吃点药就没事。郭嘏争辩道。

——你还是见好就收吧，据说她老公是个大人物。老余见郭嘏有些不高兴，暂时闭了嘴，可好景不长，他再次将脑袋凑到郭嘏耳边：

——哎，哎，她怎么会叫你日的？

——她先脱光的。衣裳沾了油漆，她就脱了。脱了一件她就说他妈的脱光算了。

这话叫老余愣了足足有半天。郭蛋这回主动开口：

——真的，我没有故意把玻璃插进腿里去。

——那就是它自己跑进去的。

——嵌油灰的时候一个不当心坐在里面的。

——对啊，玻璃片自个竖在脚手架上，尖头朝上，毕恭毕敬地就等你坐上去。老余的神气是要用这话将郭蛋活活塞死。

——真的刚好尖头朝上。裹在一小团油灰里。

——那截玻璃很长吗？在他们前排一位谢顶老头（真是让人厌烦，他俩看了这个光溜溜的脑袋一路，靠近脖子的地方还堆着一圈圆滚滚的大肥膘）扭过头来，蛮横地在两人之间插上一杠。

——有这么，一寸长吧。郭蛋举起两根食指比划着说。

8

——我可没看见，你看见了吗？老余说。

——一寸还是少说的。

——你说是裹在油灰里。

——噢，你这位老兄，你贵姓？依我之见你可真是死脑筋。光头老头又来了。

——那么你看见了？老余向光头发起挑战。

——不看也猜得出来，不然他腿上怎么还在流血。这满地板可不都是他的血嘛，大家都看看嘛。老头说着往地板上狠跺一脚，溅起一片血浆来。

——哪有血，哪有啊。老余往地上四下张望了一下说。

——车里是黑了一点，不过，不看也猜得出来。你说这不是血是什么？老头又往地板上狠狠跺了一脚，这回他是有意要把血溅到老余脸上。

——不看也猜得出来？老余抹了一把脸问道，紧接着：

——你晓得个屁，你晓得个屁煨煨好吃呢。老余眼睛斜视，缓缓地又加一句：

——不看也猜得出来。

——他根本没有必要嘛，挑那么长的一块玻璃往自己腿上面截。老头争辩道。

——真的没有必要。郭嘏火上浇油。

——必要必要。什么是必要？什么是必定？什么是必须？老余吼起来。

——可这些是什么？不是从他这条腿上流出来的吗？老头再跺一脚地板。

——我替他用汗衫扎好了嘛，怎么还流那么多？老余拿脚在地板上乱拖，想把血拖掉，结果他的整只布鞋都给血浸湿了。

——汗衫？你说是汗衫？

——你就将就一点嘛。郭嘏扭头说。

——将就？什么将就？老头说。

——一会儿就到城里了。老余说。

——玻璃还在里面吗？老头问。

——早拿出来了。越到城里居然天越黑。郭嘏说。他看到前面椅背上贴了一张纸。一张油印的告示，十六开，手写体，右上角有一张黑乎乎的光头照。郭嘏掏出一只打火机，划着火苗，照告示念出声来：

告示。敬告广大市民：接上级有关部门通知，有一名死囚犯从兰州某监狱越狱而逃，目前已流窜到我市，随时有可能杀人越货再度作案，望大家多加留意。一旦发现形迹可疑者，及时与当地公安部门取得联系，以便尽早将此恶棍缉拿归案，绳之以法。提供该犯消息者可获重奖。

打火机变烫。郭嘏甩几下手，又呼呼往上面吹了几口气，再次将它打着：

为便于广大市民辨认此危险分子，特此公布该犯近照和个人资料：罪犯古里手，男，二十六岁，身高一百七十六公分，光头，蛋形脸，山羊须，身手矫健，机敏过人，常露一脸坏笑，易招女子喜爱。该犯曾一度充当黑暗势力之雇佣杀手，两个月前越狱，出逃时杀死一名值班狱警，作案手法极其凶残。因而万一遇见，不必勉强与之单打独斗，可先稳住对方，设法与之周旋，再找机会与附近居委会或报警点或联防队或派出所或公安局联系。星火农场派出所保卫六处。

——到站之后我去跟人谈业务。你自己去找大奶奶布比玩。老余说。

——那你得把医疗费和我的工钱算一下。郭嘏说。

——你先拿五百。下月我也回老家，到时候一起算给你。

——不行，我这儿玩几天就直接去广州或北京，不回老家了。

——那你的意思是你不想到时实报实销，现在就一刀切？

——一刀切。六千。血流得太多了，医生说不定会让我住院呢。

——顶多给你两千。

——四千也行。

——好吧，算你运气。这是两千五。老余双手伸进腰包里，点了一沓钱塞给郭嘏。

郭嘏还想讨价还价，汽车已停在了 T 市长途客运站。老余一把将郭嘏从座位上拉起来，急着要下车。

　　靠近出口的地方，人群十分拥挤。一个满脸油汗的中年女人脖子上套着一只破烂的黑皮包，眼珠转得飞快，只要谁神色稍有犹豫，她就直冲过去，一把抓住对方的衣服，弓起身子谦卑地倒退着走，边用嘶哑的嗓子大吼大叫：过江吗过江吗过江吗过江吗？桥断了，真的断了不骗你真的断了，住宿吗，住吧住吧便宜呢住吧住吧有淋浴，热水，真的热水。看一看我们旅社，看一看看一看嘛，很近，一会儿就到，又干净又便宜，淋浴，没骗你，热水，二十四小时供应，二十四小时，二十四小时都有供应。

　　出口处正对着一片旧房的废墟，一群男人高高地站在上头，两手拢在嘴边，冲着汹涌而来的人群高声喊叫：过江嗨过江了。摆渡嗨摆渡，桥——塌——了——，桥——塌——了——，刚塌的噢刚塌的，摆渡摆渡，走了走了马上就走。最后两位，不用等，一站到渡口，马上就走，马上来马上，马上就走马上马上。

老余扶着郭嘏躲过一波接一波揽客者的袭击，好不容易挤出出口，忽然有人从后面一把搂住他的肩膀。老余转过头去，看到一张男人的黄疸脸，咧着嘴冲他直乐。

——去哪儿大哥？去哪儿？送你去嘛大哥。那人亲热地将脑袋进一步凑近，几乎顶住了老余的脸。

一个大个子男人，手里挥舞着一顶橙色安全帽，敏捷地跃过铁栏杆，跳到老余和郭嘏前面。他先是一个耳光将那黄脸家伙劈翻在地，随后用手里的帽子对着前面的人群左拍右打，替两人开路。

——碰上我真是你们的运气。

——这倒是真的。郭嘏说。

——过江吧。我带你们去渡口。

——我们还是坐公交吧。老余扭动脖子，昂着头对郭嘏说。

——那行，你们就先等上半年六个月再说吧。大个子说。

——话可不能这么说。

——没听说桥塌了嘛？

——那得去渡口过江了。老余说。

——就是，坐我的摩托一会儿就到江边。

——你刚才工钱给少了。郭碾对老余旧话重提。

——又来了，你做了才几工？老余装出生气的样子。

——才几工？

——算一百一工给你好啦。

——我的腿受伤了。要是感染了破伤风呢？要是肌肉溃烂得锯腿呢？

——算了算了。老余没好气地又塞给郭碾二百块钱。

——你们是兄弟？大个儿问道。

——也不完全。老余说。

——这是什么话？

——是堂的。郭碾说。

——亲兄弟净算账。老余说。

——这是什么话？

——浙江话。

——噢，你们浙江人，是全世界最坏的人种啊。大个子大叫大嚷。

——这是怎么回事？老余装作听到了天方夜谭。

——哦，这些王八蛋浙江人，到哪儿都是你们浙江人，想着各种法子要从你口袋里掏点钱去。

——浙江人肯定没有你们 T 城人坏，连一个桥都不好好造，不到一年就塌了。老余说，然后对着郭嘏又加了一句：

——我早说要塌。

——说不定也是你们浙江包工头干的好事呢。你们浙江人真是无孔不入啊。不过赶紧上车，咱们先不计较这些。

——我就说，迟早要塌的。人死了不少吧。老余说。

——人都是要死的，死少一点死多一点，

死早一点死晚一点，没关系的事。大个子不耐烦了。

——现在江边一定很热闹吧。郭嘏说。

——要多热闹有多热闹。你们坐上去吧，小心一点。

——这位兄弟，我就把他交给你了。不用带他过江，先给他找一家好一点的医院住下再说。老余把郭嘏扶上大个儿的摩托，便顾自钻进人群消失了。

——我不住医院，就帮我找一家最便宜的旅社吧，郭嘏赶忙说。

2

　　大个儿把车停在一个水泥圆洞门前，按了几下喇叭。圆洞门里跑出来一位十六七岁的女孩，手里捧了一个蓝色的塑料面文件夹，马尾辫在后脑勺晃来晃去。她有两块红红的腮帮子，又鼓又结实，上面结着一圈圈线状物，像是正在脱皮。大个儿司机从女孩手里接过文件夹，用笔在上面勾画了一下又交还给她，然后冷不防一扭身，从郭锻手里夺过一张五十块钱，一踩油门走了。

　　"你能走吗？要不我背你吧。"小女孩笑着说。

　　"你扶我一把就行。"郭锻说。

　　女孩搀扶着郭锻走进一条昏暗的过道，这里空气又霉又潮，混合着呛鼻的体臭和烟草味。过道靠墙一边搭了一排长长的简易钢丝床，每张床上都睡了人，打着高高低低的鼾声；因为床太短，一个个都把臭脚伸到了外头。一个老头半坐半躺，在黑暗中抽烟，不住大声地咳嗽。他对小女孩和郭磁含含糊糊嘟哝了一句什么，就再没有下文。女孩叫郭磁小心踏空，扶着他走下两级又圆又滑的台阶，来到一个客厅。这个屋子没有窗户，一盏没有灯罩的小灯泡挂在正中央，上面结了一层厚厚的不知是油腻还是灰尘，吐着疲弱的黄光。墙面在渗水，黄迹斑斑的墙纸整片整片翻落下来，软乎乎地挂在墙上。这里一样摆满了简易钢丝床，钢丝显然已经失去了弹性，人躺在上面就像深陷在一只吊床里，身体几乎要贴到地面。屋子左边靠墙有两张长方形的办公桌，小山似的堆着客人的各种大包小包，看上去这里原来是一个办公室。右边这面墙稍稍干燥一些，上面贴了一张红纸黑毛笔字的感谢信，一张女明星肖像，几个用钉子和麻绳固定的相框。领路的女孩往四下看了看，冲郭磁露出了笑容。

"这里怎么样？还不错吧。"女孩拽了一下郭嘏的衣袖，让他看躲在墙角杂物柜底下的那张木板床。杂物柜很大，搁在墙角的两块三角铁上，差不多将底下那床铺整个罩了起来，因而从外面几乎看不到这张床。由于它与柜子底部贴得很近，人一旦躺进去，就只能一直躺着。"能躺两个人。"女孩又说，为了证明这一点，她弯下腰，利索地钻进去，躺了下来。她侧过身，拍拍床板剩余的部分，示意郭嘏躺到她边上去。

"我想我太高了。不行，我太高了，不可能进去。"郭嘏说。

"行的，你能进来，试一试嘛，你快试一试嘛。"女孩从里面伸出一支手臂来抓郭嘏，因为着急，她的脸涨得通红，像是一只可爱的烂苹果眼看着就要炸开。

"不，我不钻，"郭嘏避开了女孩的手说，"我去外面走走算了，反正天也亮了。"

"你去哪里嘛？"女孩往外一滚，从柜子底下钻了出来，"桥塌了，河这边哪个旅馆也没空床铺。你这样子瘸着腿走来走去有意思吗？没意思嘛。你就住这儿吧，这个角落蛮好的，外面看不见，很清静嘛。还给你打折呢！五折，算你十块钱。"

"我不住。"郭嘏转过身，单手扶墙，跷着脚出了旅馆。

"这里贵，而且铺位不好。"旅店门口，一位光头老人坐在三轮板车上抽烟，看到郭嘏从里面出来，远远冲他说道，就好像他俩是老相识。老头从三轮车上跳下来，要把郭嘏抱上自己的大板车。郭嘏闻到老头嘴里冒出来一股熏人的陈年烟臭，避开了他伸过来的手。

"我想先吃早饭。"郭嘏说。

"前头就有一家，我带你去。这段路不算你钱。"老头终于还是如愿以偿，将郭嘏抱上了自己的板车。

雾气变得越来越重，老头骑着板车进了一条安静的小街，两边的房子低矮灰暗，看上去已有些年份。往里，渐渐变成了一个集市，支满了高高低低的塑料雨篷，在晨风中哗哗展动。小贩们在底下或站或蹲，默不出声地守着各自的菜摊，就地铺排着蔬菜水果河鲜家禽和千奇百怪的腌菜坛子。中间的路面有些泥泞，一些地方铺了碎石一些地方铺了煤灰，看上去就像一个个零乱的补丁。

老头把车停在一家小餐馆边上。餐馆门口当街摆了两张油腻发亮的八仙桌，一些人围坐着在吃早饭。老头把郭碫扶到一个空位上，利索地拿手抹掉了他前面一小摊沾满粥糊的碎蛋皮，自己坐到了他身后的板车上。郭碫看到斜对面也是一家餐馆，没什么顾客，门口一侧的小条桌上摆着两只长方形平底钢盆，一只装了黄黄的芹菜，一只装了白乎乎的煮得半脱皮的鸡爪子，另一侧是一只煤炉，上面的大铁锅里，粉红色的猪嘴、猪耳、猪心、猪蹄堆得满满当当，正冒着腾腾热气。

郭碫要了一份稀粥两根油条和一只大菜包子，老头要了五个鸡蛋，两根油条，一碗粥，一盒粉蒸肉。郭碫从包里取出他夏天来 T 城打工时买的地图，将它在桌上摊开来，想要找到布比玩具店。小伙计将他的早点端到桌上，他还是没找到布比玩具店，只找到一家布比布艺店。

郭嘏刚往嘴里塞进一只大菜包，就听见一串又细又哑的叫卖声。一个又瘦又高的老头挑着一副担子从前头走来，一头是一大捆破布，一头是一只长长的方形竹篓子，上面盖了一只木盒。老头穿青布衫，光着一双脚，边叫边直挺挺地往前走，像是还没有完全醒过来。他的叫声漏风很厉害，不知道掉了几个门牙，听不清他在叫什么。郭嘏看了一眼身后的车夫，见他已经吃完五个鸡蛋一根油条一盒粉蒸肉，正在呼呼地喝第二碗粥，就赶紧把自己剩下的一气吃了。

"我还是想找个地方先睡一会儿。然后，"郭嘏指着地图上布比布艺店的位置对老头说，"我要去这里。"他单脚站起来，一个嗝跟着冲上来，让他打了一个趔趄。他感觉肚子又空了，不过还是冲伙计叫了结账。

"别忘了算上我的，也是这位小兄弟付。"老头高喊一声，将剩下的整根油条塞进自己嘴里，然后仰起脸来，将半碗稀粥跟着往里倒。他不小心将那把肮脏的胡子浸到了粥碗里，赶忙一只手挡着脸，拿袖子去擦胡子。

"你的胡子是假的吗？"郭毁问道。

"这可不一定。"老头说，一手按住胡子底端将它整理了几遍，才过来将郭毁扶上自己的板车。"跟我走，错不了。你都请我吃了早饭，我自然就不会来骗你坑你。我先带你去那个什么布艺店，离这儿近得很。"老头转过头来对郭毁嘟哝道。

"估计现在还没开门。"

"就是，这儿天亮得晚。要不我先带你去一个高级旅社，三块钱一天，保证你睡得舒舒服服。出门之前还可以洗个热水澡。等你睡好了，我就去接你，去找那个布艺店。反正你想去哪儿，我就拉你去哪儿。"

"你要做我的车夫？"

"价廉物美，你想去哪儿我就带你去哪儿，一天只收二百块。你现在先付我一百。"

3

　　老头将郭碫带到了一排平顶水泥屋前。他直接用车头撞开虚掩的铁门，骑了进去。里面是一个园子，立着两棵已经枯死的小树，边上胡乱堆着许多砖瓦石条。值班室里一个胖女人趴在桌子上睡觉。可能因为夜里冷了，她将织了一半的白毛衣套到了自己的脑袋上，上面刺猬似的插满了竹针。老头推了她半天才把她弄醒过来。她摘下头上的毛衣，露出一张变了形的面孔，上面印着毛衣花样。她不解地看着眼前两个男人，好半天才总算认出了拉车的老头："噢，莫非，真是笑话，你怎么变成这副样子了？还以为是谁呢，还拉起板车来了。"女人说着懒洋洋地从抽屉里拿出一圈用铁丝穿着的钥匙，挑了一把交给了老头。

"人老得比想得还要快啊，连老相识都认不得了。"老头对郭嘏讪笑道。他晃了晃手里的钥匙，示意郭嘏跟上。

老头正挨个看门牌，忽然奋力跳了起来，郭嘏跟着跳起来，但仍踩上了一大片积水。走廊深处，一个老妇人正弯腰将一桶水倾倒在地上。郭嘏闻到了醉酒呕吐物的腥味。果然，她身后蜷缩着一个男人，乱糟糟的头发里沾满了腥臭的呕吐物。老头在一扇没上锁的门前停了下来。

"就这间。好好睡一觉，才会有精神。"老头帮郭嘏推开了门，"你要我几点来叫你？"

"我睡三个小时差不多了。"郭嘏说。

"那到时来接你。你先给一百块钱。"

"五十。"

"五十也行。"

郭嘏付完钱，单腿跳进了屋子。屋里有两张床，一个床上的蚊帐已经放下，里面和衣躺着一个男孩，仰面朝天，身上没盖被子。

虽然已经是秋天，贴墙还嗡嗡飞着不少蚊子。墙面很黑，结满了灰尘和蜘蛛网。天花板中央挂下来一根灯绳，悬在两张床之间，底下的灯泡已经碎裂，几乎只剩了一个灯头。郭碪坐到剩下那张空床上，摘下了蚊帐。

对面床上那个男孩睁着眼睛，一动不动地盯着黑乎乎的水泥屋顶。郭碪猜想他不过是在发呆，不是那种睁眼睡觉的人，要不然他的眼睛会转个不停。郭碪掏出烟，点上，又问那个男孩："你抽烟吗？"

"就是真下了雪，这儿也照样有蚊子。"对面的男孩说。

"你是从家里逃出来的吗？"郭碪问道。

"我在下面县城读技校，离这儿不远，不到一百公里吧。"男孩说，眼睛仍盯着屋顶。

"你有十六岁吗？"郭碪说。

"十四。你是不是一眼就看出来我刚杀了人？"男孩侧过头来，有些羞怯地看了一眼郭碪。

"嗯我看不见。不过你的眼睛在放光，这很厉害，这我倒看得见。"郭媛说。

"要是真的没人看得出来，我就还可以回去读书。"男孩将两只手臂反过来垫到了后脑勺下面。

"那是。对。那是。"

"我们学校每天都有人被杀掉。在镇上，街上人人都背着长枪走来走去，"男孩说，"班里数我的枪法最好，可因为没杀过人，就被大家瞧不起。前天我把我们校长打死了，才逃到这里来。昨天夜里我在这里又杀掉一个。你进来的时候有没有看到楼道上躺着一个男人？那人就是我杀的。"

"那个醉鬼？他没死嘛。我差点一脚踩破了他的肚子。"

"昨天我肯定干掉了一个，也许在别的什么地方。我们上课的时候经常有人从外面扔进一只耳朵，一只眼珠子来，有时是整只手臂。"男孩说到这儿，使劲按住床板，在床上坐了起来。不一会儿，他从蚊帐里吱溜滑出来，一屁股坐到了地上。他背靠着床，从裤兜里掏出一包烟，拼命在手掌上敲着，因为手不住地颤抖，他好半天才从里面敲出一支皱皱巴巴的烟来。他点上后吸了一口，递给郭碫："抽这个吧。"

郭碫将手探出蚊帐接了男孩的烟，吸了一口，还给对方，重新抽自己的。

"对，劣质大麻，没劲是不是？"男孩低着头说，"我杀了一个大个儿的中年男人，腿有点瘸，走路昂着头，那种最讨厌的人。我一直跟着他，一直跟一直跟，到一道围墙前面，我划了他的脖子。他一下就倒了，半点声响都没有，就用这个。"男孩说着背过身，从被褥底下翻出一把锈迹斑斑的双刃尖头小刀，对郭碫扬了两下，眼睛热切地盯着他，问道："要不要，卖给你？"

"这个我不要。"郭碫说。他扔了烟头，躺了下来。

"你一定以为我是个骗子。"男孩哈哈大笑，随手丢了小刀。他忽然一手按住腰部，身子往后一仰，对着木门砰放了一枪。外头拖地的老太婆一直在门口探头探脑，见门上突然炸开一个大洞，赶忙扔了水桶拖把，飞快逃走了。男孩从腰间取下手枪，嘻嘻笑着说："要不要？一千块钱。"

"什么牌子？"郭嘏问道，尽量让自己说话像个内行。

"77的。不用取下来，这样，你看，砰。"男孩这次没有真的开枪。

"一千块不要。"

"五百块吧。"

"五百也不要。"

"你是哪里人？"

"浙江的。"

"浙江人啊，你们很厉害的。"男孩脸上露出羡慕的神色。

"厉害是厉害。"

"你们那里皮革全是用牛粪纸做成。皮带皮鞋皮衣皮裤皮帽皮包，全是牛粪纸的。真好。"

"好个屁。你说的是温州人。我是杭州的。"

"你们那里人人都会做生意吧，那真好。"

"那是萧山人。我们杭州人不叫他们萧山人，叫他们对江的。"

"对哪条江？"

"钱塘江。对江的人啊，不在家里开公司，就在外头包工地，要么就去国外搞走私。他们什么也不愿生产，除了萝卜干。"

"那萧山萝卜干一定很好吃。"

"不好吃，有股脚臭的味道。他们腌萝卜全是光脚踩的，而且故意提前一个月不洗脚。"

"那你们杭州人挺没劲的。"

"这倒是真的。"

"我要能去萧山和温州就好了，能学好多东西。"

"这是真的。"

"比杀人强。你要有一把刀或一支枪，随便什么时候在哪儿都能杀人，想杀就杀。"

"这是真的。"

"我是来这里看病的。我的脊椎可能是得了

灰质炎，一坐就钻心痛。"

"你经常走着走着，就摔倒吗？"郭碫说。

"经常摔倒。"男孩说着在地上躺了下来。他的身子忽然变得很软，像蚯蚓一样扭动起来，很快便滑进了床底下。

"怎么不去住院呢？"

"医院没有空床位了。夜里桥塌了，死了很多人。"男孩说。他在床底翻了几个身，最后决定对着郭碫侧躺。

"五百块钱，你教我怎么用吧。"郭碫说。

4

郭嘏醒来的时候，对面床底下的男孩已经
不见了。已经过了三个多小时，那个留假胡子的
老头并没有来接他。他估计玩具店这会儿应该开
了，便对照着地图自己一瘸一拐走着过去了。腿
上的伤口没有再出血，但比昨天肿了不少，隐隐
生疼。雾气依然很浓，他一路走得很慢。沿途有
不少石拱门，里面大都是些木结构的两层楼老房
子，中间不时冒出一两栋新建的细细高高的楼
房，看上去有些愣头愣脑。一个穿花点睡衣睡裤
的女人一手拎着一只红色高脚痰盂罐，一手夹着
一支烟，向郭嘏走来，一双踩了后跟的绒布鞋啪
嗒啪嗒敲打着地面。她边吸烟边打量着郭嘏，拐

进了他边上那个石拱门。

郭嘏冲着街对面一棵攀壁而生的大树发呆。那些大气根比手臂还粗，互相交错纠缠，像一只黑色的巨手紧紧箍着整个石墙，仿佛随时可以将它捏个粉碎。它顶部枝叶纷披，从石墙垂直向前逸出，将整条街都笼罩在自己的树荫底下。就这么一大片裸露的气根，没有主干，这样能算一棵树吗？郭嘏心想，不能说它是两棵树更不能说它是十棵树，那它就是一棵树。

不远处传来一个老头沉闷的咳嗽声，和叮叮当当铁器碰撞的声响。郭嘏瘸着腿快步朝那里走去。刚走几步，他脚底下便被什么东西绊了一下。没来得及看清那是什么，他已飞快地跳了起来。一只有大锯齿的铁夹子从他脚底下弹起，在空中有力地啪地合拢。这只鲨鱼嘴似的大铁夹子差一点将郭嘏的双脚一口咬下。乒乒乓乓铁器碰撞的声响一时变得很大，那个咳嗽的老头跑了过来。

浓雾中透出一张兴奋不已的老人的脸。因为

跑得太急，也可能因为身上背的东西太重，老人喉咙深处冒出一串串人在临死时才会有的那种艰难的喘息声，伴着尖细刺耳的哨音。老人呼哧哈呼哧哈，在那只刚合拢的铁夹子前缓了好久的气，才拿手上那根带钩子的铁棒将它钩了起来。他含糊地咒骂一声，将它扔进了肩上的麻袋里，没看一眼郭嘏，便顾自往前走了。除了铁器碰撞的声响，郭嘏隐约还听到类似动物的低低的呻吟声从老人的大麻袋里传出来。也许是个小女孩，郭嘏心想。他跷着脚追上前去。老头已经消失在浓雾里。

路口砖墙上钉着一块旧木牌，上面用毛笔写了"布比玩具店"，边上一个箭头指向小巷的迷雾深处。郭嘏按路牌指示往巷子里走，不久便来到布比玩具店前。店门紧闭着，两侧墙上各吊了一个一米见方的玻璃橱窗，里面摆了一些玩具，一边是各种布偶，一边是各种汽车轮船枪支。门前有一块竖挂的霓虹灯招牌，灯管上结了厚厚一层土，字的笔画残缺不全，不过仍很容易看出

"布比布艺广"的字样。郭嘏伸手拍打了几下铁帘门，它顿时波浪似的抖动起来，发出很大的声响，还掉下一缕缕灰来。没人来开门。郭嘏走到巷子对面，在一块石头上坐了下来。

紧挨着玩具店的是一家野味馆，与玩具店一样是后建的砖房，也还没有开门。郭嘏听到一阵熟悉的咳嗽声，随后便见刚才那个收铁夹的老头背着一只大麻袋，佝偻着身体从浓雾里走来。他穿着一件灰色的外套，衣襟大敞着，里面夹克、夹袄一层又一层，炸药包似的将自己绑得严严实实。他不住地咳嗽，身体也随之小船似的左晃右摆。他这样边咳边走，就好像咳嗽已成了他身体最自然的一部分。

老头在野味馆门前的枯叶堆旁站住，拿手上的铁钩子在上面拨弄了几下，嘴里不住嘟哝着什么。他身后的铁帘门呼地升了上去，一位小个儿老太太出现在门里面。老头抹一下嘴转身进进屋里，铁帘门也跟着哗地落下。

一个男的骑着自行车从小巷另一头过来，快

到郭嘏跟前的时候突然冲他叫道："晨报喽一毛。"眼看着车轮就要从前面的枯叶堆上轧过去，那家伙却十分熟练地避开了。看来这些机关是专门对付外地人的，郭嘏心想，不过对我来说这种障眼法实在太蹩脚。他从地上捡了一根树枝条，站起身来，单腿向那个枯叶堆跳了去。他用树枝条一点点拨开上面的树叶，很快就看到了那只埋在下面的铁夹子，跟他刚才在前面小巷子里看到的一模一样。他用树枝拍了一下上面的机关，铁夹子立即啪的一声响，跳了起来。与此同时，郭嘏发出一声痛苦的喊叫。

野味馆的二楼的窗户打开了。刚才替老头开门的那位小老太出现在窗口。她看到郭嘏安然无恙，正仰着脸等她从窗口探出头来，知道自己上了这个小男孩的当：

"哦，没夹到。"

"是专门用来杀外地人的吧。"

"那可说不准，那可说不准。"老太太说着就要关上窗户。

"布比什么时候来店里？"郭嘏大声问道。

"早搬了。"老太太总算在关窗前给了一点有用信息。

布比布艺店的铁帘门忽然升了上去。一个身穿紧身黑皮衣的中年男人推着一辆高大的摩托车从屋里出来。他拉下铁帘门，戴好墨镜，跨上摩托，响亮地往地上吐了口痰，然后轰两下油门，飞也似的喷着四股白烟呼啸而去。

郭嘏重新来到店门前的玻璃橱窗前，发现其中一个橱窗底部用红油漆歪歪扭扭写着"布比布艺店已搬至江南"，后面还留了联系电话。"我得先把腿治好。"郭嘏就地坐下，一个劲地揉着有些发麻的伤腿，心想。

5

市一医院门口喇叭声和急救笛响成一片，各种车辆叉在一起，将这段路彻底堵死。有几个司机已经歪倒在驾驶座上，打起了呼噜。送伤员的担架一时没法推进医院里去，在马路上排起了长队。只有行人永远不受交通困扰，不紧不慢走走停停要看这里的热闹，再就是那些唯利是图的自行车和流里流气喷着白烟的小摩托，见缝插针，在一团乱麻的车辆之间穿来穿去，为机械社会保留了最后一点颜面。

一位护士和一位男医生背靠背坐在担架车上，边嗑瓜子边聊天。护士的白大褂纽扣眼上挂着一瓶盐水，在给边上的伤员输液。两人不时将一片片沾满口水的瓜子壳吐到他脸上。他俩后面，一位满脸是血的大个子女人双臂抱胸，一动不动坐在轮椅上。她神情阴郁地目视前方，听凭鲜血流满她粗壮的脖子、衣服和裤子。她边上站着一个头戴着软边帽的老头，下巴上长了几根稀稀的黄胡须，一直在叽叽咕咕自言自语，一副假牙也跟着在嘴皮底下不住地滑来滑去。

医院门口，四五个穿卡其布衣服的民工正挥汗如雨，高举躺着重伤人员的担架，将它一点点往医院里面递，四周簇拥着哭哭啼啼拉拉扯扯的伤员家属。几个暂且没拉到活儿的民工，大黑手里捏着白白胖胖的热包子，不住地往嘴里塞。他们胳膊下夹着旧床单做的简易担架，在车缝中间游来荡去，专等那些想要节约一笔开销的小气鬼家属终于扛不下去，把尿撒在裤子里，或是干脆脑袋一歪背过气去，他们便立即将手里的包子一古脑地塞进嘴里，青蛙似的高鼓着两腮，冲上前去不由分说将伤员扔进担架，三五个人一起递进医院里去。

郭碫看到这情形，便让三轮摩托车夫随便帮他找一个私人诊所，只要能替他的伤口消毒包扎就行。车夫立即掉转头，从一条小弄堂里斜插了进去。一会儿，他将车停在一栋只搭了水泥空架子的高层烂尾楼前面。

"这儿有一两百家医院，随便挑。"车夫一本正经地说。

"这里像集中营。"郭碫说。

"是集中营还是加强团我也不知道。"车夫说。

"那么多医院，我哪知道哪家是杀人的哪家是救人的。"

"加五十块钱。"

"……"

"加五十你就去救人的那家，不加，你就自己去撞运气。这栋楼里的运气可不太好找。"

"二十。"

"也行。"

郭碫多给了车夫二十块钱。

"你上二楼找白大夫，最后一间屋。绝对灵，我打包票。"车夫说。

入口处的水泥墙上，花花绿绿挂着各种铜的铁的塑料的木头的牌子，上面写着康复中心、净化中心、检验中心、防疫中心、疗养中心、化疗中心等字样。地上摆满了水果篮，摊主都是女的，穿着臃肿的衣服，一个个倚着水泥墙背手而立。她们盯着郭嘏一跷一跷往里走，等郭嘏朝她们看时，又缓缓地将视线移开。两个邋里邋遢的小孩，一个拿苹果蘸着鼻涕在脸上涂来涂去，另一个脸涨得通红蹲在地上，边直愣愣望着郭嘏，边从屁股缝里挤出一截冒着热气的大便来。

妇人们一声不吭挪开了自己的水果篮，让郭嘏从中间过去。"买点水果吧。病人总是要吃点水果的。"终于其中一位妇女小声对郭嘏说道。

"我下来再买。二楼有位白大夫吗？"郭嘏问道。

"有。"那个女人没有看郭嘏，冲着自己前面的水泥柱子点了点头。

大楼底层装了一个自动扶梯，已经锈蚀得很厉害。郭嘏扶着墙一级级往上跳，快到二层时，他听到有人在上面吹口哨。果然没一会儿，一团红光跳入他的眼帘。在二层拐角处，一位穿红色短裙的姑娘正撅着屁股在水池里冲洗拖把。她的裙子后盖翻得老高，露出一条发黄的白色蕾丝边底裤，上面还留着一块干血迹。在靠近屁股缝的地方，裤沿两边溢出来好多黑毛。两只灰色长筒袜都漏了丝，从脚踝处的一条细线一路向上，最终在大腿根成了两个大洞，鼓出两个乒乓球大小的橘皮肉球。

　　郭嘏用手捂住鼻子，一跃上了二楼。

　　红裙子姑娘转过头来，哦——唷——吊眼婆，两只眼睛像是被东西什么吊着似的，倒八字向两边高高翘起。吊眼婆忽然一伸手，探到郭嘏裤裆底下用力捏了两把。她咯咯地笑起来，用粗哑的嗓音懒洋洋地说："不错嘛，年纪不大，家伙不小。"

　　"你的屁可真臭。"郭嘏说。

吊眼婆没等郭嘏把话说完，连着一口浓痰，呼地从嘴里打出一颗口香糖来。幸好郭嘏避得及时，口香糖最终啪地打到了他身后的水泥墙上。吊眼婆斜了一眼郭嘏，讥嘲地从她猩猩一般扁平的大鼻孔里哼出一声，然后哗地，从水池里拎出一只大拖把，听任上面的泥水径直向电动扶梯流去。

"你是来看病的吧？"吊眼婆问道，然后使劲甩动拖把，将污水甩到了四周墙上和郭嘏身上，差点还把自己放倒在地。

"是的。"郭嘏说。

"算你运气，不跟你计较算了。"吊眼婆说着拎着拖把走了。她走到楼梯口的第一个房间前，乒乒乓乓挪开那块肮脏的用作挡门板的瓦楞铁，进去之后又乒乒乓乓将它恢复原位。房间里传出婴儿尖细的哭声，那个红裙子吊眼婆突然放开嗓门唱了起来，嗓音粗壮，带着水泡成串涌起的咕嘟声，让郭嘏感觉自己正在啃她那两条大毛腿。他用力擦着手臂上一阵阵泛起的鸡皮疙瘩，踮着脚快速往走廊深处走。

走廊很长，两边空空荡荡没有墙体，只有一根根水泥柱子。这里的风明显要比外头大，从一头的浓雾里吹来，穿过整个建筑，吹进另一头的浓雾里。一些水泥柱之间围了编织袋泡沫板铁皮之类的遮挡物，里面有人在走动。走廊末端有一间孤零零的屋子，不但墙体很完整，门也像模像样，用铁皮包着，四周钉了一圈圆头铁钉，不过都已经生锈。门面上用红油漆写着："白大夫诊所"。

门前有五六个男人坐在地上打牌，人人嘴里都叼了一根烟。显然，这些人正在享受这栋建筑十分稀缺的饭店大堂式的舒适感。谁都惊动不了这帮赌棍，哪怕是一个小瘸子，郭鯷心想。他走上前去，啊，好大的尿骚和酸臭。他们当中年纪最小的那个男孩抬起头来盯着郭鯷看。他头发蓬乱，里面全是白灰，脸和衣服也很脏，嘴宽鼻子短，不过眼睛倒是很大很圆很黑，还很亮。像一只刚打完架的猴子，不，猴子精，郭鯷心想，肯定比我小。猴子精边盯着郭嘏边反复搅动舌头，然后咔，把一团白色的唾沫吐到了水泥地上，就不再理会郭嘏，继续看人打牌。

郭嘏敲了门，里面立即传出一个男人含痰的声音："进来。"

郭嘏推门进去。屋里坐着两个人，男的五十岁左右，光头，身体精瘦，穿一身中式灰布衫。坐在他对面的是一位戴墨镜的中年女人，脸上毛孔很大，一只丑陋的大鼻子占了很大的位置，上嘴唇上长了一个豌豆大小的黑痣，上面飘着几根长长的黑毛。

光头男人向女人俯过身去，用套在手指上一根细细的黑线在她的大黑痣上比划，随后熟练地打了两个跟那个痣差不多大小的圈。他并拢右手的食指和中指，微微屈起，指着黑线圈，半闭的眼睛念了一会儿咒，之后，将它用一张小黄纸包起来，折好，放到前面的凳子上。他端起凳子上的那碗清水，还是用并拢的食指和中指，在清水上面从上到下从左到右飞快地凌空涂写，嘴里

46

跟着念念有词。好久，他抬起头来，毫无表情地看了对面的丑女人一眼，将水递给她，示意将它喝掉。

丑女人将一碗清水一饮而尽，呆坐了一小会儿，舒出一口气来，才将空碗放回到凳子上。光头男人这时举起手掌，开始搓自己那张又软又皱的脸，每搓两下，就把手掌往地上轻轻一甩，像要将什么脏东西扔掉。他的动作专注流畅，叫人信服。丑妇人付了钱，站起身来，突然一把捂住咕咕乱叫的肚子。

"赶紧拉稀去，把恶气拉出来。我会找个屋沿将这根线埋了。要是七天后它烂干净了，你这个痣就永远没有了。"光头男人说。

丑女人弯腰立在一边不住点头，等光头男人一说完，便立马捂着肚子从门口冲了出去。

"这是巫医还是中医？"郭碫问道。

"巫医，中医，西医，你愿意怎么医就怎么医。"光头男人抓着一块烂肥皂在脸盆里洗手。

"还是西医算了。"郭碫说。

"坐。"光头男人往脸盆里使劲甩两下手，在衣服上擦干了。

郭碬看了一下刚才那个女人坐过的凳子，坐在了上面。

"这是哪家医院干的？"光头男人抓起郭碬的腿看了一眼，问道。汗衫上的血渍已经变黑变硬。

"不是医院包的。"郭碬说道。

"那是谁干的？"光头男人咔嚓一剪刀，将老余的汗衫剪开了。一截血红的玻璃嵌在郭碬大腿上。

"汗衫总比别的什么干净吧？"

"别的什么？"

"譬如说，卫生纸。"

"这汗衫？不一定比尿布干净。"光头男人说，指了一下身后的屏风，"去里面台子上去躺着。"

一道多折斑竹布面屏风将屋子隔成两间。屏风布面焦黄，沾了许多污渍，上面搭着几块黑乎乎的毛巾，一双僵硬的老人纱线袜，还有一件中式旧布衫。郭碬走到屏风后面，看到一位身穿金色棒针毛衣的女孩坐在一张原木长条桌上，手里举着一副军绿色望远镜，趴在窗台上向对面市一医院的大楼眺望。

"你又来了。什么时候爬进来的？"光头男人站在屏风处冷冷地问道。他示意郭毈将女孩坐着的那张长条桌挪回到墙边去。

"等一下等一下，别动。哈，这可是没想到，真要命啊我操。"

"什么真要命？"郭毈问道。

"说是开膛嘛，怎么就锯起腿来了？"女孩举着望远镜兴奋地叫道。

"你怎么知道？"郭毈问女孩。

"她有医院的手术排程表。"光头男人说。

"看锯腿真他妈过瘾，人腿啊我操好白呀，要能听到声音就更好了，起一身鸡皮疙瘩。哇，好多血啊。"

"你是护士？"郭毈问道。

"她不是，来玩的，老来我这儿玩。"光头男人说。

"他是我老头。"姑娘回过头来对郭嘏说。她冲光头男人撇一下嘴，做了一个媚态，又趴回到窗台上，突然惊呼起来："我操，这盲肠手术做得牛逼，把整个肚皮都切开了。"

"很好看吗？"郭嘏问道。

"好看，"女孩跳下长条桌，走到郭嘏前面，拿望远镜指着自己手臂上起的鸡皮疙瘩，"你看，我都这样了，能不好看吗？"

"你叫什么？"郭嘏拿过女孩的望远镜往窗外看，一片模糊。

"我叫小边，你叫什么？"

"郭嘏。"郭嘏将望远镜还给了女孩。她脖颈上有一颗米粒大小的红痣，像红珊瑚一般鲜艳。他伸出手去，想去抚摸它。

"这么怪的名字，怪死了。"小边说，笑眯眯地看着郭嘏梦游一般伸过来的手，它在中途忽然自己停了下来，悬着一动不动。

光头男人将小边往窗口推："走，走走。"

"我来给他包伤口。"小边看着郭嘏说，用微微凸起的小肚子顶住长条桌的一头，将它往墙边推。

"到底是巫医中医还是西医？"光头男人又问道。

"西医。"郭碬单腿跃上长条桌，平躺了下来。

"你就一直让它这样流血？"小边问道。

"今天好多了。刚才上楼才又开始流了。"郭碬说。

小边用镊子利索地拔去了郭碬腿上的玻璃片。"老头，把它插到你屁眼里去试试怎么样？"她向光头男人晃着鲜红的玻璃片说，然后又问郭碬："在哪儿搞成这样？"

"农场，那里没有卫生所嘛。"郭碬说。

"你们农场没有卫生所？"小边瞪直了她那双大眼睛，"那里的人一定还是在钻木取火吧。"她将玻璃片扔进了垃圾桶里，开始用酒精棉替郭碬清洗受伤部位。

"这是烧酒吧，"郭碬皱起眉头嗅了几下，"这根本就是烧酒嘛。"

"哈，"小边笑起来，"算你运气，酒精用完了。这烧酒比酒精可贵多了。现在我来敷黄纱布。"她用镊子从一只小玻璃瓶里夹出一条长长的黄纱布，慢慢塞进郭蝦的伤口里。完后，她又拿了一卷绷带缠在他腿上。"好了。真好看，"小边轻轻拍了一下郭蝦缠了白色绷带的腿说，"怎么样？陪我去玩好吗？"

老头一把将小边从郭蝦身边扯开，再次将她推向窗口。小边朝郭蝦眨一下眼睛，从窗口爬了出去。郭蝦立马单腿追到窗口。他看到小边跳上了一台挂在窗外的卷扬机，揿了电钮，缓缓沉了下去。她仰起脸，朝郭蝦抛了一个又一个飞吻。

郭蝦走到外屋，看到老头已气定神闲地坐在方凳上，正听着对面的一个中年男人讲自己的胃病病情。

"五块钱。试试看，能自己走路了吧。"老头说，头也不回。

"挺好。"郭蝦走了几步，显得信心十足。

两条金鱼一根高压线

　　布比的布艺店这两天生意惨淡，因为连接南城和北城的跨江桥在前天晚上坍塌了。她的店搬到了南城，可她的主要顾客却依然在北城。南城人说什么都不肯买她的账：哼，这个小疯婆子，看着她吃鸡屎大起来的。

　　布比算着自己的狂躁型抑郁症会在这几天发作，特地去买来两条金鱼，培养自己等待风暴降临的耐性。要在往常，她这会儿脑子里早就噼啪炸成一团了，这次居然到现在还没有发作。要是这次能挺过去，说明我布比已经是个健康人了。那就去你妈的电休克疗法，布比得意地想，说明我一个月前决定将那些长用药减到最低量是对的。每天半颗舍曲林，或马普替林，或盐酸帕罗西汀，足够了，我布比就快要康复了。

今天，她从早上开门起就玩起了那两条金鱼，一条又灰又长，精力充沛，游得飞快，永远那么大惊小怪，看来是与劣等鱼种鲫鱼杂交出来的；另一条又短又胖，头上顶了个鲜艳的大红泡，体积比它整个身体还大，活像三百年前从欧洲宫廷里出来的显贵，头上戴一大顶假发套，穿着有洁白丝绸内衬的华美的紧身服，举着一个大肚皮，底下是两条不堪重负的又细又软的罗圈腿。这条一直摆着贵族派头臭架子的金鱼（去你的，我可是喝淘米泔水长大，布比对它爱恨交加，当头给了它一记弹指）一直就歇在盆子边上，偶尔摆动几下那团丝绸般透明的鱼尾，却根本弄不动自己的身体。它一口一口，呼吸得很费力，像得了痨病似的。

布比将它们玩了不到两个小时，贵族派头的金鱼就将大肚皮侧翻过来奄奄待毙了，另一条却根本没事，还是那么机灵，还是那么大惊小怪。

——怪不得怪不得，贵族是反动的，可它又偏长得那么美。这一条，哦，简直就是一条小鲫鱼，应该马上将它煮来吃掉。布比自语道。

——也许它不愿跟那条假金鱼呆在一块儿呢。泡泡说。她可不是临时冒出来的，一直就站在店堂一角的那间小屋里，在牛皮纸上画着她的裁剪版式。

——分开会有用吗？不过也是，它干吗要跟杂种呆在一起？不过也不对，你想嘛，这世上谁不是杂交出来的，纯种早就被淘汰光了。

——看来你很乐观？

——乐观什么？

——因为你认同了进化论。

——不一定。死不悔改的纯种或许也照样可以生存，不过它得另有一手。另一手是什么，我还不太清楚。

——还是进化论嘛。泡泡说。

——好吧好吧，适者生存就是孬种生存。孬种又生孬种，这才生生不息。

——这才有点你布比的风范。那你不打算救它了？泡泡说。

——哈哈，我他妈的太好心了，还是想救救这背时的贵族。

——你得在它的背鳍上吊一根线。它现在有点头昏，你就拎着那根线，让它半个身体浮出水面，那样它很轻松就能呼吸，准能醒过来。

——哎，一条名叫纯洁的鱼，快呜呼了。布比走到玻璃墙边，那儿挂着一块块各色绸缎，她从一块深蓝色的缎子边沿抽出一根丝线，弯了两个环，做成一个空心结，回到鱼池边。电话响了。布比将垂死的金鱼抓到她那又胖又白的手心上，把空心结套进了它的脊翅，轻轻地抽紧。她小心翼翼地提着线，不高不低，不松不紧，以便这条名叫纯洁的金鱼能在缸里轻松地游动。电话铃停了。布比扭过头看了泡泡一眼，后者正停了手中的活，探出整个上半身，趴在小柜台上看她。布比冲她哈哈笑了两声。

——这下 Ta 麻烦大了。

——你就这样一直提着吧，它准能活过来。

——哈，一会儿 Ta 要是再来，你去接。

——好吧。我来救它。

——索性就不接了。管 Ta 是谁。

泡泡拎了一把大剪子，从小屋里走了出来。布比冲她嗬嗬笑了两声。她是乱笑的，并不知道泡泡要干吗。泡泡蹲到布比身边，将大剪刀横搁在鱼缸上面，从布比手里接过吊着鱼翅的缎子线，缚到剪刀上面。

——噢，你是想省点力啊，我还说呢。布比说。

电话又响了。布比站起来，朝吵个不停的电话机走去。她可从来不会嫌电话铃吵。啊，那是温情是母爱是心灵的颤动是人世的召唤。她拿起话筒，说了一声喂，眼睛仍看着底下的泡泡和那条名叫纯洁的鱼。它仍半侧着身体，亮出一块金黄色的鱼肚，无力地喘着气。

——不行，这不管用。它肯定是不行了。

电话是郭碾打来的。

——你是郭瑕？哦，真他妈的。

——你不高兴我打电话给你？

——我可没说。小骗子。

——怎么了？

——你和你哥哥夏天在我家里做的是什么破鸡巴油漆活。

——破堂哥。

——对，你他妈还记得你和你那个破堂哥是怎么干活的吗？

——偷工减料呗。

——还好意思说，他妈的。刷了鸟漆，门窗烂得比以前还快。

——我这不是谢罪来了嘛。

——你们浙江人是最坏的。

——你们 T 城人才厉害嘛，外地人一来这里就全都成了骗子。总共就那么一座跨江大桥，也会让它塌掉，才造了几年。

——就是。他妈的，说塌就塌，说不定也是你们浙江人承包的。

——把市长抓起来算了。

——这个现在不能说。至少你能说，我不能说。喂，你究竟是不是骗子啊？

——我这两天抽空给你家门窗再做一次油漆。

——你要来 T 城？

——我一会儿就去看你。

——你没在杭州？

——我在 T 城。北城。

——你还没回学校？

——看了你后我才回去。

——小心我老公把你剁成肉泥哦。

——

——你背后怎么那么吵？

——堵车，大家都在揿喇叭。

布比听到听筒里传来噼噼啪啪的声响。郭碫根本没有回答她的问话，只是一个劲发出喔喔的叫声。怎么回事？布比不满地大声责问道。郭碫还是没回答她，仍一个劲喔喔喔地叫。既然这样，我们索性就将叙述线沿着电话线转到郭碫这边来。他正在街边的一个电话亭子里，缩着脖子，仰脸朝天，不停地跳跃着，双手拍打着从电话亭顶部的一个大洞里雨点一般飞溅到他身上的火星。在大洞上方，一具男人的尸体拦腰挂在一根高压电线上，尸体的腰上绑着电工用的牛皮大腰带，其中一只脚上还挂着爬电线杆用的铁脚镫。底下，一大群人围着一个手持长竿的男人，一齐昂着脑袋看他用推电闸的竿子狠狠地敲打那具挂在高压线上的尸体。每一阵敲打，都会有一大簇火星从尸体上面溅开来，同时冒出一股带有橡皮的焦臭和香喷喷烤肉味的青烟。

那具尸体终于噗地从天上掉落在地。翘首围观的人们一时退了开去，但立即又围了上去。郭嘏掸了掸衣服，重新拿起了话筒。

——布比，你还在吗？刚才有具死尸挂在高压电线上。郭嘏解释道。

——你是在给布比打电话。不知什么时候起电话亭边站了一位穿一身光溜溜的黑色紧身服，打扮得像蝙蝠侠一般的瘦高个男人。他气定神闲地拿指关节敲了几下电话亭，跟里面的郭碫搭起腔来。路边停着他那辆崭新的四屁眼摩托，发动机还在低沉地响着，把电话亭震得突突地抖动。

——你是布比的朋友？我见过你。郭碫对蝙蝠侠说。

——唐当当。

——嗨，那位自称唐当当的兄弟，我是武嗒嗒。本来就堵成一锅粥了，路这么小，你那么大一个摩托还停在路当中，让后面的人怎么走？挪一挪，唉，挪一挪嘛。一辆童车一般大小的轿车嘎吱停在唐当当的摩托车的侧后方，司机武嗒嗒从窗口探出脑袋向唐当当大声喊道。

——你要再啰里吧嗦的，我打死你。唐当当朝武嗒嗒举起了拳头，那只带铁钉的皮手套大大增强了拳头的说服力。

就在这时，武嗒嗒的车突然向前蹿出半米，碾坏了路边的一个水果摊。摊主拿起铁秤砣连砸了武嗒嗒两个车灯。武嗒嗒从后面箱子里抓了一把小斧子，跳下车便往小贩身上砍。后者侥幸躲过这一斧，撒腿就跑。就在他跑过唐当当边上的时候，后者从皮靴里抽出一把雪亮的短藏刀，对着他拦腰抹去。小贩立即捂着肚子伏倒在地。

——嗨，那位唐当当兄弟，你说交警全都死光了还是怎么了？武嗒嗒皱着眉头说。

——你把电话给我，我正好有事找布比。唐当当没理会武嗒嗒，扭头对郭毈说道，并伸手向他要电话。

——那里谁在说话？布比责问道。

——是我，唐当当。我们晚上见，我保证把你的朋友，嗨你叫什么名字？

——郭毈。

——把郭毈带到你那里。可现在，你不知道桥塌了以后去江边的路有多堵，我得让交警赶紧过来疏通一下。要不然，这个郭毈今天是过不了江了。

——哦，听说至少有一百万傻逼正等着过江。布比说。

——我一会儿才能去码头。我得先修一下鞋

子。郭碫从唐当当手里抢过电话喊道。

——哎，那位先生，人叫你郭碫的那位，你腿上在流血。

——这又是谁在那里说话？布比问道。

——一个路边修鞋的。郭碫说。

——那么说来，你真的是到了 T 城。

——真的是真的。

——那位腿上流血的，你的球鞋开大口了。

——这又是谁在嚷嚷？我这儿都听得要耳聋。

——那个路边修鞋的。郭碫说。

——你的腿真的在流血？

——幸好这样，我才有机会离开我那个破堂哥的承包工地。

——你不会这样一直流血死掉吧。

——早就不流了。纱布外面是有一块血迹，那是刚才医生取玻璃碎片时出的血。

——所以你暂时还死不了。

——肯定死不了。我可是请一个老巫医包扎

的。算了，我还是先修鞋子吧。

——估计我今天是看不到你了。估计我是看不到了。

——我要渡不了江，就游过去看你。

——哎，这话我爱听。多说几句我听听嘛。

郭碫已经把电话还给了唐当当。

电话亭边上修鞋的中年人向前探着身体，对郭碫一个劲地点头打招呼，脸上露着那种久未谋面的老熟人执意相认的似笑非笑的表情。他显然看准了郭碫打算修鞋，抓起身边一条小凳子殷勤地向他抛了过去。郭碫接住小凳，坐在了上面。他将球鞋脱下递给那个中年人，对方一把抓起平摊在两条腿上的蓝色牛仔垫布，捂住了自己的鼻子。

——什么脚那么臭？

——是有点脚汗。

——太熏人喽，太熏人喽。

——你是刚学会修鞋的吗？

——还有你这一身的血，实在太刺眼了。

64

——你肯定不是修鞋的。我见过你。郭嘏得理不让人。

——好吧我告诉你，我俩以前都是锅炉工，下岗了，今天刚开始修鞋。

——什么叫我俩？

——我还有一个哥哥，双胞胎哥哥。我叫莫非，我哥哥叫莫是。

——啊，终于抓着你了。你说好早上来拉我的，怎么没来？

——这是什么话？

——什么什么话？

——看来是我哥哥又去冒充什么车夫了。

——什么你哥哥。旅社的服务员就叫你莫非。

——那么是她认错人了。我们兄弟俩下岗一年多了，跑来 T 城要饭。我们昨天才拿要饭挣的钱买了这台修鞋车。你看嘛，那才是莫是，要饭的那个。

——对，我是莫是。街对面突然蹿过来一个跟眼前这位修鞋的中年人长得一模一样的男人。

——啊你这个骗子。我说嘛，你的胡子是假的。郭毇说道。莫是这会儿看上去比早上留胡子的时候还邋遢。为了能多要到点钱，他有意在脸上和手上抹了一沓沓的油污。他捧着一只牛粪纸盒跑过来，从里面抓起一把那些小气的路人扔下的零钱，大声说：

——我要转业，再也不做叫花子了。

——好，那你来修鞋。莫非摆弄着郭毇那只开了口的球鞋懒洋洋地说。

——咱俩一起修。

——就用一台修鞋机？

——可以啊。

——你那辆三轮车呢？

——被警察没收了。

——你什么时候搞了一辆三轮车，怎么不告诉我？

——我就从，你叫什么来着？

——郭毇。

——我就从郭毇这儿挣了五十块钱，车就被

警察弄走了。

——五十块钱？怎么也不告诉我。钱呢？

——给警察了。

——为什么？

——他们说那是赃款，还要我缴偷车的罚金。

——可以啊，你偷偷地做你的小金库。我说郭碬，你明天来取吧，我看这鞋一时修不好。

——莫是不会修吗？

——那你就等吧。你来修，我去偷瓶啤酒喝。

——还是我去吧，莫是说。他站起来，走到边上一棵梧桐树前，打开了歇在那里的一辆破自行车。

——我想借一辆自行车，哪儿有出租？郭碬问道。

——一天五块钱。押金五十块。莫非说。

——你能搞到？

——莫是，他要租自行车。莫非向刚骑出不远的莫是喊道。莫是跳下车，气呼呼地将它往边上的一根电线杆子上一推，顾自向前走了。

——你个小逼瓣子。一个穿鹅黄色功夫衫的大块头老太太从车缝里挤过来，一记耳光将莫非连着小凳子打翻在地。她后面站着一位穿制服的警察，见此情状掩着嘴咯咯地笑个不停。

——我不认识你？莫非仰着脸看着凶神恶煞的巨无霸，毫无把握地问道。

——你不认识我？我认识你，你这个不要脸的贼骨头。老太太摆动泡桐树干般粗壮的腿，假装要踢莫非。

莫非飞快抬起细细的胳膊，挡在自己脑袋前面，说道：

——我今天一直在这儿修鞋。

——你再抵赖！老太太将一支大胳膊抡在半空，见莫非像只小老鼠似的趴到了地上，又转向警察说：

——这就是我刚才跟你说的那个臭要饭的，我给了他两毛钱，他居然摸走了我的钱包。

——我是下岗工人。钱包是对面那个臭要饭的掏的，那人跟我长得一模一样，刚才还在那儿，不信你问这位小兄弟，他是来我这儿修鞋的。莫非不等警察发话一口气说道。

郭碾等着警察上来问话。他打算问一下他，街上那些对付外地人的铁夹子是怎么回事。可警察对莫非说的充耳不闻，他向老太太下令，让她将莫非提在手上，跟他去趟派出所。

——嗨兄弟，兄弟，不是我不想修好你的鞋，实在抱歉，抱歉。莫非虽说被老太太夹在胳膊下面，仍奋力将郭碾那只破球鞋扔了过来，一个劲地向他举手致歉。

7

通向江边的马路上歇满了汽车，郭毈骑着自行车在车缝里东张西望扭来扭去。他看到唐当当和他的摩托被卡在两辆卡车中间动弹不得，便举手向他打了个招呼。

一大群人从江边方向涌过来，走在最前面的一个男人扛着一条假肢，他神情严肃，步伐僵硬，仿佛使出了全部的力量才没有被那条假肢压垮。在他身后，两个汗流满面的警察架着一个满头乱发，面无血色，还丢了一条腿的老头，他们被后面大声嚷嚷的人群挤得东倒西歪，像喝醉了酒一样。人群中不少人手里操了木棍，扁担，斧头之类的家伙。他们一个个看上去都异常激动，眼神飘忽，心神不宁。

"那个倒霉蛋是谁?"郭碬拉住一个东张西望的小个子老头问道。

"市长。"老头笑眯眯地说。"他们把他的腿给扯下来了。"

"你们的市长可真够虚伪的。"郭碬说。

"虚伪是虚伪，可也没办法。"老头说，饶有兴致地看着从他面前经过的示威人群。

"他们会把他杀掉吗?"

"这我可不知道，这我可管不着。"老头说着奋力扎进了人堆里。

人群突然溃乱了。从前面的巷子里冲出来十来个身穿紧身豹纹服的男人，看上去就像一群肉乎乎的大老鼠。他们用手里的铁棍对着簇拥在市长周围的人劈头盖脸一阵乱打，没等那些人反应过来，他们早已从两个警察手里抢过独腿市长，然后又快速地退回到刚才那条巷子里去。示威的人群并没有因为那些偷袭者离去而定下神来，反而陷入了更大的混乱。他们尖叫着漫无目的地东奔西窜，互相践踏。

郭暇退回到那两辆刚才卡住了唐当当的大车后面，以免自己被人踩死。车缝里还停着那辆崭新的四屁眼摩托，唐当当的人已经不见。郭暇等示威的人群全都散去，将莫是的自行车也往车缝里一扔，慢慢向江边走去。

江边种了许多含羞树，每一棵树上都挤满了人，看上去就像一串串沉甸甸的果子。他们一个个都在对着江面指指点点大声嚷嚷。前面忽然传来一片妇人们响亮的哭喊声，四周的人群随之涌动起来。她们哭得可真难听，郭暇心想，听任后面的人流推着他往渡轮码头走。

郭暇睡着了（因为太挤太臭太闷很久一动不动什么也看不见）又醒了过来（因为忽然动了）又睡着了（同第一个原因），又醒了过来（同第二个原因）。反复几次之后，完全睡着了。

他然后突然疼醒过来，才发现自己撞到了一根铁栏杆上，差点被拦腰勒断。好晕，眼前一江浑水，原来我已经上了渡轮。郭暇屈体向前，被后面的人紧紧顶在了船舷上。不过，渡轮还没有启航。

江面上漂满了男男女女的尸体，衣服在各自背部鼓起一个个各色的大泡。十来只锈迹斑斑的汽艇在尸体边上转来转去，一些身穿制服的警察正在用手里的长杆子捞那些尸体。每根杆子顶部都装了一只大铁钩子，跟野味店老头手上拿的一模一样。警察们拿它钩住尸体的衣服或腰带，将它们拖回到汽艇边上。有时半天钩不上尸体的衣服，或是钩上了忽然又松开了，他们便狂怒地将大铁钩甩出去，像扎稻草人似的直接扎进尸体里，随便钩住哪块骨头便拉向汽艇。身边的助手及时扔出一个个绳套，将尸体的脑袋套住。等这样套了三五具尸体，汽艇便开足马力，拖着它们向停在码头上的运尸车飞奔而来。这引起了那些满脸悲苦在岸边引颈张望的人们的愤怒，他们哭喊着纷纷向码头的运尸车涌去，要认领自己的亲人。

"嗨，是这具吗？"郭碫这时听到了一个熟

悉的声音。他朝那声音望过去，看到莫是坐在一只汽车橡皮内胎里，双手从水里捧起一具男尸的脑袋，将它对着岸边举着望远镜的一个男人。那个男人拼命摇头打手势，向莫是大声叫嚷，让他再试试左边那具红衣尸体。莫是扔了刚才那具男尸，抓起左边另一具身穿红色绒衣的少年的尸体。这回没等他把少年的脸捧起来，拿望远镜的男人便呜咽起来。他一手紧紧抓住自己边上一位小个儿女人，一手将望远镜架到她眼前。小女人立即惊厥过去，身体软软地倒在她男人的手臂上。男人不住地抹眼泪，一个劲地对十米开外的莫是点着头。莫是抓着那具少年的尸体，划着轮胎向江边走。昏死过去的小女人醒了过来，她哭喊着跟跟跄跄走进了江水里，后面跟着她男人。小女人一把抱起少年的尸体，在浅滩上号啕大哭。坐在皮艇里的莫是举起他拿来做桨的木片，一下下戳那个傻呆呆站着的中年男人，提醒他赶紧付钱。那个男人从兜里掏出一沓钱，塞到莫是手里。莫是这才又将橡皮圈划开去，去揽下一个捞尸活。那些死者的家属，他们可不想让自己亲人的身体被巡警的铁钩扎得面目全非，当然，更不愿意江里的鱼虾将它们啃得千疮百孔。

渡轮响亮地叫了一声，缓缓离开了码头。一具具尸体从船舷边上漂过，在渡轮荡起的波浪中起伏着，有几具尸体的脑袋还撞到船舷上，发出橐橐的声响。顺着江面向西望去，除了官方的捞尸船，江面上还游荡着各式各样的民用船只，为争抢江里的尸体，它们已经与官方汽艇上的警察干了起来，不时地有警察和市民惊叫着落进水里。离垮塌的大桥不远，可以看到一艘沉没的游轮，还有一小部分船体露在江面上。它边上那座大桥的中间部分桥面都已落入水中，只剩了一个个光颓颓的桥墩，其中一个桥墩上挂着一辆人力三轮车，看样子随时都要掉入江中。

8

郭嘏正左右张望着找布比布艺店，就听到有人在喊他的名字。马路对面，布比正站在自己的布艺店前，向他边喊边招手。

"噢，你好好看嘛。"布比呵呵地傻笑着，盯着郭嘏看了半天，才想起来将他引入店里，"坐嘛，坐嘛，要不要喝茶？"

"有茶喝就喝。"郭嘏说，挑了一只鼓一样的瓷凳子坐下。

"茶怎么会没有。"泡泡从小作坊里探出头来答道。她长得并不好看，但很肉感，因而能保证笑的时候显得甜蜜诱人。"他可真好看。"泡泡又说。

"什么时候到的？"布比问道。

"昨天早上。"郭嘏说。

"那个瓷凳子凉吗？"

"有点凉。"

"那我叫泡泡给你沏壶茶。我们让小郭嘏坐躺椅吗？"布比问泡泡道。

"万一老项看见有人在用他的躺椅，你麻烦就大了。"泡泡说。

"不是趁这会儿他不在嘛。"布比说，神情忽然变得有些恍惚。她把郭嘏拉到了那张铺了鸭绒垫的躺椅前面，说道："坐这儿吧，很软的。"

"很舒服。"郭嘏坐下了，僵硬地挺着上身。

"你是不是累了？要不就在这儿睡一觉吧。把它放下来，那样你就可以躺了。这儿可以控制它的高度。"布比说着抬头看了一眼躺椅后面那扇方方正正的大铁门。它看上去十分厚实笨重，就像保险柜的门，上面有一个很大的猫眼。

"躺着倒是好，我就怕把它弄脏了。"郭嘏说，接过泡泡递来的茶，双手裹着它来回地搓。

"好看是好看，头发怎么那么脏？"布比又呵呵傻笑起来，手指在郭嘏蓬乱的长发里飞快地摸来摸去。

"可能是有一些老粉。"

布比凑过去嗅了一下郭嘏的头发，立即捂住了鼻子，"真臭啊，多久没洗澡了？啊，脖子上都是泥。"

"可能两个星期左右吧。"郭嘏说。

"你还在替那个破堂哥打工？"

"我已经离开他了。"

"你要去哪里？"

"可能去广州，说不定去北京，也有可能西北。你觉得哪儿比较好？"

"都好，都好。我都没去过。"布比羡慕地说。

"我在这儿留下来，再找份活干。"郭嘏看着布比说。

"那不好，真的不好。还不如回去再读高中呢。"

"高中不读了，我上回就跟你说不读了。"

"他真厉害啊。"小作坊里的泡泡插了一句。

自从郭煅踏进这个屋子，他的眼皮就有点发沉。两位女性饱满的身体使屋子变得温暖醉人。

"你看他困了，在眯眼睛，"布比笑着对泡泡说，"哈哈，在打哈欠。哦，好想睡一觉啊。我们让小郭煅在这儿睡一觉怎么样？大不了我明天把这些东西都洗上一遍。"

"好啊，在老项回来之前叫醒他就是了。"泡泡说。

"就是，你索性脱掉衣服美美睡上一觉。"布比说着就去捧郭煅的腿。她看到了他裤腿上的血渍，一时愣住了。

"没事，已经好了。"郭煅安慰道。

"那么多血。"

"一点小伤口，快好了。"

"工地干活的时候受的伤吧。"

"嗯，我自己不小心。"

"噢，那个包工头，我说他是个坏蛋。"

"你跟我一起去广州吧，要不北京，西北，

随你挑。"郭嘏冲布比仰起脸说。

"那不行，你还是先睡觉吧，先睡上一觉再说吧。"布比犹豫不决地说，神情有些忧虑。她朝躺椅后面那扇大铁门投去一瞥，突然弯下腰，飞快地吻了一下郭嘏。没等郭嘏来得及勾住她的脖子吻她，她已经跳到一边，在一步开外看着他说："你睡吧。"

郭嘏很快睡着了。

"也许老项已经约了贺老六了。"布比说。

"每年就一次电疗，挺一下就过去了。"泡泡安慰道。

"我把药停了，到现在都没有发作过。这个月要是还不发作，他就不该让我去做电疗。"布比说。

"这倒也是。"泡泡不置可否。

"电疗也好，大不了变成个傻婆子，总比做疯婆子强。"

"由贺老六替你做电疗，还是可以放心的，不太会对你脑子有什么损伤。嗨布比，那个糊涂蛋又来了。"泡泡刚抬头，便看到了正横穿马路而来的男人，立即向布比通风报信。

"哪个糊涂蛋？"

"对，叫什么方来着。"

"他妈的。"

方向明

"是不是不欢迎我来看你们？"方向明走进店堂，在贴墙摆着的太师椅上一屁股坐了下来。这家伙戴着一副细长的白金框眼镜，一把长头发像干草一样又蓬松又僵硬，用大红丝巾扎着，上身穿一件中式米色粗棉布上衣，下面是棕黑色直脚裤。他�’着嘴唇，笑眯眯地向布比点头不止。他的嘴唇太厚太前突了，还老呶着让它皱成一小堆。小气鬼的嘴脸，怪不得他看上去总有些不干不净，郭嘏心想。这家伙从包里取出一只狭长扁平的银色盒子，看上去就像一块遥控板，他摘下眼镜，放进了那只银色盒子里。

"这种感觉实在不错，坐在这样的椅子上，

跟一些朋友见见面，聊会儿天。我很喜欢这样。"方向明将军用小背包放到桌上。他看到那上面放着那壶泡泡刚沏的茶，就替自己倒了一小盅。

"你不会在这儿呆很久吧。"布比说。

"我坐在这儿你不高兴吗？哦，你好像有个客人。是谁？"方向明看到在躺椅上睡觉的郭嘏，便站起身走了过去。郭嘏不想睁开眼睛，便轻声打起了呼噜。

"一个朋友。你管他是谁。"

"还以为是你老公。我上回请你帮我看的那种面料有没有找到？"

"我帮你留意一下。"

"可半年了，难道你都没有留意吗？"

"忘了。"

"哦，这样说倒是有道理的。不过还想请你帮一个忙，不知你是不是会觉得太麻烦。"

"说吧说吧。"

"看来你已经对我感到愤怒了？"

"没有。快说吧。"

"我一个朋友，想做丝绸面料的生意。她希望我帮她物色一下这方面的合作伙伴，另外再要一些各种面料的边角料，好作为参考。"

"我没有边角料。"

"就这么一条，你看，就类似这样细的边角料，"方向明拿起一块蓝色缎子，在底下掐了手指粗的一条示意给布比，"这么细细的一条就行。你没有吗？"

"没有。"

"有没有什么地方可以想想办法呢？"

"没有。"

"你不会不耐烦了吧。"

"我他妈耐烦才怪呢。"

"你那么不平静，我都不敢再说什么了。本来我还指望向你请教一件事，一件十分小的事情。"

"说吧说吧。"

"你看我这件上衣是麻的还是棉的呢？"方向明将自己的一只袖子拎到了布比的眼皮底下。

"就一般的棉布，支数比较低的棉布。"布比捏了一下说，她估摸着再对付几句也就完了，脾气又好了。

"是这样吗？"方向明笑着问。

"大致就这样吧。"

"这可有些不负责任哦。"

"我干吗要对你负责任？"

"其实我这件上衣是根据这件做的。"方向明从军用背包里取出一件灰白色中式细格子单衣，两只袖子上没有格子纹。

"还挺漂亮嘛。"

"我在广州买的，才五十块钱。不过我身上这件呢，布料是二十块钱，做工是十五块钱。哈，便宜得要疯掉了。你能根据这件的版式替我再做一件吗？"

"你要那么多同一款式的上衣干吗？"

"人年纪大一点了，穿衣服不想换来换去了。"

"我做工可不是二十块啊，得五百块。"

"这不合理吧。"

"简直太不合理了，这才搞得我这么忙。天

哪，干不完的活。"布比说。

"真的，干不完的活。"在另一头干活的泡泡应和道，还特意伸了个懒腰。

"我的诗集有卖出去吗？"

"你的诗集？你也写诗？"

"我去年来的时候不是把十来本诗集放在你这儿吗？你看，就是这些。"方向明走到窗台前面，伸手从一只藤篮里拿了一本翻阅起来。

"我是说呢，这儿怎么有几本莫明其妙的书。那么说来印在封面上的那个脏兮兮的人是你喽。"布比说。

"这张像脏吗？"方向明笑眯眯地重新审视了一遍自己诗集上的画像。

"可真有点儿。"泡泡从工作间的窗口探出长长的脖颈，歪着脑袋凑到方向明跟前，咯咯笑着说。

"我们晚上一起吃个饭吧，我请你们两位。"方向明说。

"怎么又要请我们吃饭？"布比表示不满。

"对啊对啊，我就是想来请你吃个饭。上回太匆忙了。"

"你每回来我这儿都说要请我吃饭。"

"有什么不对吗？"

"你想干吗就直说嘛。"

"直说吗？说什么呢？"

"你他妈老说请我吃饭，究竟是不是想上我？"

"哦，话可不能这么说。"

"那你说怎么说？"布比问道。

"上是想上，可也得慢慢来嘛。"方向明沉吟了一下说。

泡泡咕的一下，将一块上好的呢料剪过了头。

"要是多来几个你这样的人，泡泡会把我店里所有的布都剪烂的。"布比气愤地说，说完又哈哈大笑起来。

布比诱人的笑声彻底赶走了郭碬的困意。他从躺椅上抬一下脑袋看着对面的方向明，心想，这人笑的时候嘴角舒展，牙齿也很白，真是挺好看的。可干吗老呶着嘴，一副老想偷点什么的猥琐相。这时候方向明边上的电话响了。他不紧不慢地拿起电话。"喂，请讲。喂，请讲话。喂？我是方向明请您讲话。"他撂下电话，带着愠怒对布比说，"这不是疯掉了吗？明明在听着电话却一句话都不讲。"

"你把 Ta 吓坏了。"布比说。

"你是说男的他还是女的她？"方向明问道。

"男的女的都一样，反正是被你这种来路不明的接电话套路给吓坏了。"

"是吗？我那么厉害吗？"方向明笑了起来，样子天真得像个十八岁的小男孩。他借着这难得的十八岁的春风拂过心头，向布比发出了真诚的邀请：一会儿我们一起吃个饭吧。不巧电话又响了。方向明再次不紧不慢地拿起电话，喂请讲，我是方向明。哦刚才是您打的吗？那么我刚才是不是把您吓着了？没有，那好。方向明捂住话筒，透过小间作坊的窗户对泡泡说："你是泡泡吧，反正我知道她不叫泡泡，那个男孩肯定也不会是泡泡，这个也很容易猜到。"

泡泡点点头。

"一个叫旺堆的，让你听电话。"

泡泡抬起头，用哀求的神情看了布比一眼，意思是：完了，是不是完了？

布比哈哈笑起来："泡泡，你福气好大哦。旺堆的床上功夫很牛的，就是他的人造下巴实在叫人受不了。"

泡泡低下头不满地嘟哝着，从小作坊里走出来，接了电话："喂我是泡泡。哦，是旺堆，你好，还以为你走了呢。早上还在想，这次没能送成你。倒没什么好遗憾的，多少有点过意不去吧。你都没走，这点过意不去也免了。为我？你不是送经书来作鉴定的吗？晚上不行，对，有约会。再见。"

"经书？萨迦寺的贝叶经？"还没等泡泡撂下电话，方向明便插进话来。

"不愧是古董贩子。"

"我说呢，老项怎么就弄到了那批贝叶经，原来是喇嘛帮他偷出来的。"方向明说。

"你可别打喇嘛的主意。"泡泡提醒道。

"那自然，那自然。我只跟老项做生意。跟喇嘛没关系。"

"他妈的，我想你怎么还没对我死心，是想要老项的贝叶经。"

"经卷是经卷，死心是死心，吃饭是吃饭。两码事嘛。"方向明说，眼睛却看着泡泡。

"三码事。"泡泡说。

"一码事。"布比说。

"好厉害啊，你把喇嘛给搞定了。"方向明对泡泡说，赞美中带着不甘。

"怎么是我把人家喇嘛给搞定了？"

"明明是人家喇嘛没搞定泡泡嘛。"布比说。

"其实差不多。"方向明说。

"差得太多了，差别就像你请我们吃面，和让我们走上一百里路去白吃一碗面。"泡泡说。

"我可不想再跟着他走那么老远去吃一碗清汤面。"布比突然极不耐烦地抬高了嗓门。

"布比，老项回来了。"泡泡从小作坊里探出半个身体对布比轻声叫道。

郭毆听到外面传来一声沉闷的汽车关门的声响，几乎与此同时，布比捧起一大堆绸缎，一股脑地扔到了他上面。"别动。"他听到布比压低嗓门说。

郭毆拨开布料，看到了布比的大屁股，几乎就贴着他的脸。她坐在躺椅的扶手上，脸冲着通向另一间屋子的那扇门。郭毆看到门上的锁柄在转动。一会儿，一张黑乎乎的戴了棕色宽边玳瑁眼镜的脸出现在门口。来人在店堂里扫视了一圈，目光最后落在躺椅上面。

"回来了。"布比怯生生地说。

对方在喉咙底下咕噜了几下，冲方向明点了一下头，将脑袋缩了回去。方向明立即跟了过去。在进门之前，他回头笑着跟布比说道："我进去跟老项聊会儿。"

"哈哈，一顿拖了半年的饭，没戏了。"泡泡幸灾乐祸地说。

"他妈的。"布比看了一眼绸缎下面的郭毆，显得有些心神不宁。

郭嘏拿一根食指在布比的大屁股上来回地划。一阵阵从指尖传来的快感打得他晕头转向。

"不会不会，我跟老项聊一会儿就完事。"方向明说完关上了门。

布比飞快地掀掉压在郭嘏身上的那堆缎子，一把将他从躺椅上拉了起来。没等他睁开眼睛，就替他穿上了外套，不容分说地把他往门外推："前面那儿有个克克酒吧，晚上你在那儿等我。我请你去看多夕唱歌。"

歌手多夕和喇嘛旺堆

多夕光着膀子，盘腿坐在地毯上，正在将一堆散乱的各色小塑料部件拼装成一辆敞篷吉普车。他把一个小人装在车座上，让他举起右手。"同志们好。首长好。同志们放屁了。首长放屁了。"他边推着小吉普车往前走，边大声自说自话，然后又哼哼直乐。

他伸手从床上勾过烟盒，一根烟也没了。他站起来，套了一件外套，下面就让它短裤，开门出去。

一位高个儿的男人从隔壁喇嘛旺堆的房间里出来，后脑勺用红丝巾扎了一个干稻草似的马尾辫，手里握着一只细长的遥控器似的眼镜盒。大块头喇嘛旺堆手里掐着人骨念珠，弓着腰，笑嘻嘻地跟马尾辫男人告别，不时扶一把一个劲往下掉的人造下巴。

"啊多夕，去我房间坐坐。"旺堆捧起多夕的手快活地说。

"你看上去很高兴。"多夕说。

"文殊院的鉴定出来了。我那批贝叶经是十四世纪的真品。一度是萨迦寺的镇寺之宝啊。"

"那很好啊。"

"纳当寺马上就可以有十尊金佛了。"

"你打算把它们全部卖掉。"

"这个自然不是。不是全部，只是一小部分。"

"卖给刚才那个扎辫子的男人吗？他看上去像个小偷。"

"真是好眼力。我说你是格萨尔王的大将丹玛转世。去我房间坐一会吧。"旺堆继续热情地邀请道。

"噢我去买烟。"

"啊不是请你唱歌。我想用颇瓦法替你开天

灵盖，按你的悟性有一两天就行了。"多夕的犹豫不决让旺堆更加来了兴致，他再次亲热地拉起了多夕的手。

"噢，我还没有想好，是不是那么早就让灵魂出窍。"

"我教你颇瓦法，再教你修长寿法啊，那样你的灵魂随时可以从自己头顶飞出去，又能够随时让它飞回来。自由进出了，决不会让你的灵魂一去不回，叫你夭寿。"

"我再想想。"多夕说。

"那你买完烟来我房间坐吧。"

"那，也好。"

多夕走出饭店，朝天仰起面孔，一颗星星也看不见。他沿着人行道向前晃悠，走到了一个街心花园。一个女孩在花坛里打了一个响亮的嗝。他立即闻到了一股浓浓的酒气。他跳进花坛，看到一个穿白衬衣短皮裙的女孩在几株掉光了叶子的桃树底下打滚，边上有两个衣着土气的女孩一动不动盯着她看，手里捧着一件跟她俩一身乡巴佬打扮完全不相称的黑色短皮衣。

"她喝醉了。"多夕说。

"我们刚上完晚班回来，听到她在这里喊。"

多夕弯下身，想去抱喝醉酒的女孩，结果被她一脚蹬倒在地。女孩继续在地上滚来滚去，边抓着自己的衬衣领子，边喃喃个不停：

"破老头，贺老六。破老头，贺老六……"她终于将衬衣撕开了一大片，露出两只从胸部微微凸起的乳房。平胸，好小的奶，真漂亮啊。多夕哈哈大笑，冲她大声喊道："我是贺老六。"女孩安静了一会儿，忽然从草丛里挺起满是污泥的半个身体，冲多夕打出一个大酒嗝来。她揉了一下眼睛，看清了面前的多夕，给了他响亮的一巴掌，立即又躺回到地上："你是什么东西。你算老几。"

一直呆立一边的那两个女孩这时悄悄溜出了花坛。多夕追上前去，从她俩手里一把夺回了皮衣，又跳回到花坛里，将皮衣盖到喝醉酒的女孩身上。他在她边上蹲了下来。女孩躺了一会儿，突然又挺起身，对多夕怒目而视。多夕嘿嘿笑着跳出花坛，独自向前溜达。前面路灯下停着两三辆土黄色小面包车。看到有人过来，司机远远就开始按喇叭。

后面传来一阵叭嗒叭嗒的脚步声，多夕回过头，看到那位穿白衬衣的平胸姑娘手里拎着一双高跟皮鞋，光着脚摇摇晃晃向自己走来。她越走越快，随后跑了起来。她踩着大S线跌跌冲冲从多夕身边跑过，哗哗从嘴里涌出一条条呕吐物来。因为皮裙太紧，她只能笨拙地扭动屁股才能让双腿顺利地交替向前。多夕盯着女孩摇来晃去的背影，嘿嘿笑出声来。真是美啊，他突然拔腿追上前去。

女孩撅着屁股，站在一辆小面包车前面。

"你不能拉。她醉了。"多夕走上前去，冲司机说。

女孩走到出租车的另一边，拉开车门，坐到了司机边上。司机来回看着两人，不敢开车。女孩突然抡起拳头打司机的脸，大声叫道："狗娘养的快走。走。"司机边躲她的拳头，边将车发动。多夕拉开后排门，也跳了上去。女孩突然朝多夕张大嘴，露出两只尖利大虎牙。趁着多夕发愣，她一把将他推下车去。司机受了惊吓，一踏油门，飞快冲了出去。

多夕看到女孩脑袋软软地挂在车窗外面，嘴里喷着呕吐物，像一条长长的带子，贴着车身急速飘动。

沙龙。冰雹下的人们。古里手

郭碫醒来的时候，天色已黑，周围忽然冒出来一堆人，好几个已经趴倒在桌子上。郭碫酒气没有全出，脸还透着红光，被自己脑袋压了一下午，这会儿变了形。另一群人围着屋子中央的玻璃吧台坐在一起，除了克克和热切地从对面盯着她看的方向明，一个个都显得无精打采，像是就要睡着。布比和泡泡坐在靠墙的一张小桌前，抽着烟。郭碫想起他从下午开始一直在克克酒吧里喝酒，后来克克来了，他就一直盯着克克看。一头神气的短发，眼睛好大，初看无神，再看有光，两个微微错开的大门牙，就像她随随便便铺开在小圆凳上的屁股一样，好阔绰好大方，在最

99

无保留的地方，充满了秘密。那么你是布比的朋友，她说。不等郭毆回答，她又自己给了一个答案，小朋友。她缓缓地吐出这三个字，不屑又亲昵。她用这块三字软糖将郭毆裹在原地半天回不过神来，然后撇下一个微笑转过身去，满不在乎将他丢在一旁。郭毆请克克喝了两杯酒，克克请他吃晚饭，点了半只樟茶鸭，灌了他一通本地烧酒。回酒吧的路上，郭毆走在克克后面已经有点醉，他看着前面克克微微弓着两个肩膀，有点中年人的萎靡，就冲上去一跃上了她的背，想帮她松一下。噢我的腰，受过伤，你不能这样来折腾，克克一阵踉跄轻声叫道，等郭毆跳下来，她头也不回又继续往前走。这会儿，克克双手捧着一杯热巧克力，不时对坐在角落里独自抽烟喝酒的男人挑上一眼。那人戴着一顶平顶带舌呢帽，下巴上留着一小撮山羊胡须，一直饶有兴致地看着马路上唐当当与一个大个儿男人格斗。

"有唐当当这样的武夫和你这样的军师在身边，老项哪怕是坐市长这把交椅，也会坐得稳稳当当。”方向明总算放过克克，对半闭着眼睛坐在他对面的贺老六说。

“这么说恐怕就有些离谱喽。”这位克克的前夫慢慢睁开了他的小眼睛。

“不过，唐当当不能算是一个真正的杀手。”方向明变了口气。

“那什么样的算是呢？”贺老六问道。这位驼背佬医生一对细小的眼睛闪着嘲讽的冷光。它们不住地眨巴着，牵动下面薄薄的左嘴角和左腮的肌肉。

“至少不能像他那样为所欲为，见人就砍啊。”方向明答道。

“那什么样的算是呢？”贺老六追问道。

“真正的杀手，”方向明向众人大声发表自己的高见，“和我们大家差不多，受人雇佣，拿人薪水……”

“我们大家？不是一群胆小鬼吗？”贺老六冷笑了一声。

“真正的杀手，”郭嘏说，“会保卫自己的名声，有厉害的感受力和好的思想。"

布比全然不想听这些人的讨论，一个劲地将一支啤酒瓶颈在柔软的双唇间抽送，用她悲伤的腑腔发出阵阵粗哑的笑声。

"你是指他吗？"方向明指了一下马路上还在跟人格斗的唐当当，异常温和地问道。完后他举起随身带的旧塑料瓶，喝了一口自备茶。

"那位，"郭碫指了一下坐在角落里的山羊胡子男人，"是一位令人尊敬的杀手。"郭碫和那人互相点头，互相举杯致意。

众人都扭过头去看那位山羊胡子男人。

山羊胡子的男人用手掌抹去玻璃窗上的雾气，再次将脸转向了窗外的美景：在被暴雨和雷电抽打着的街道上，唐当当和一个矮个儿男人（谁知道刚才那个大个儿去了哪儿）面对面一动不动猫腰而立。唐当当手里握了一把三角短刀，矮个儿男人手里是一把长砍刀。矮个儿身体很扎实，脸上像猪肺一般布满了小泡，额头上斜挂着一道伤疤。两人突然靠在一起。矮个儿男人在唐当当手背上划开了一道血口，唐当当将三角短刀刺进了矮个儿男人的脖子。血急速地从矮个儿男人的指缝里喷出来。他缓缓跪倒在地，手中砍刀掉落到黑沉沉的石头路上。

“那个矮子，前两天在我这儿不小心把半杯牛奶倒在了唐当当身上。当时好不容易逃了，这回还是撞回到枪口上。”克克遗憾地说。

唐当当在裤子上擦了两下刀，将它塞回皮靴内侧的刀鞘里，然后拨开围观的人群，向克克酒吧走来。

“真正的杀手，杀人不是出于他的个人习气，习气是不光彩的。”郭蝦接着自己刚才的话说。他看到古里手将一个烟头在牙齿上转动着，带着捉摸不透的微笑，眯着眼睛看着自己。

“人除了习气还有什么？人就是一团习气，习气之外无自我。”驼背佬贺老六不急不慢地说，并没有看郭蝦。

“自我是太渺小了，实在是太渺小了。”方向明热切地看着郭蝦说。看不出他这是随口一句不痛不痒的感慨，还是见风使舵认同了贺老六。

"自我既不大也不小，"郭嘏已经不太能控制自己的舌头，可还是接着说道，"敬仰自我就是保卫自我。"

"那你他妈的说是自我大还是鸡巴大呢？"布比突然在另一头咆哮。

"那恐怕还是自我大一点。一般都会是自我大点。"克克说，憨憨地笑了起来。她抬起那双诱人的黑眼睛，朝自己面前的男人们缓缓扫了一遍。像是为了回避自己的魅力，她又低下头去，继续摆弄手里的酒杯。

方向明肆无忌惮地从对面盯着看她的每一个动作。

"或许恐惧才是最大。"驼背佬贺老六瞥一眼郭嘏，不屑地哼出一句。完后，他眼睛使劲一眨，扯歪了整张松弛的脸皮，仿佛起了连锁反应，他的脖子也跟着扭向一边，将尖尖的下颌拉得老高，同时双肩抽紧，整个脊背犹如鞭子般猛地甩了一下。

服务员为他端上了一杯热柠檬茶。

像执意要给自己的电刑医生贺老六的神经性抽搐症一个热烈的回应，布比再次从边上爆发出一阵粗野的大笑。她前俯后仰，大胸脯在乳白色的羊绒套衫底下剧烈地晃动。

唐当当浑身湿淋淋回到了屋里，嘴里不住地囔囔："不爽不爽，真他妈的不爽，怎么他妈的会那么不爽？"

"这个地方很危险。"方向明微笑着向郭碬凑近脑袋。

"你很阴险。"郭碬笑道。

"年轻胜过一切啊。"方向明退了回去。

唐当当站在吧台前，举着酒瓶往嘴里灌酒。他突然一拳砸到柜台上，将满手的鲜血溅到了里面服务生的脸上和衣服上。一时间酒吧里谁也不再说话，只听得唐当当一个人在响亮地喷鼻子，让酒液在喉咙底下打蛋似的呱呱响。

屋顶突然响起一阵猛烈的敲击声，同时街上传来了行人的惊叫声。酒吧里的人们再次一齐将目光投向窗外。无数拳头大小的冰块，被闪电照得宝石一般闪闪发亮，正从黑沉沉的天空倾泻下来，砸向惊慌失措抱头鼠窜的行人，在屋顶砸出一个个窟窿，将路灯悉数打碎。一些人正拔腿狂奔，突然被冰球击中脑袋，咕咚跌翻在地；一些人侥幸避开头顶的冰雹，却一脚踩上了底下的冰屑，狂乱地挥舞着四肢，不想就这样被死亡抓住。因为一旦跌倒在地，就再也不可能站立起来，密密麻麻从天而降的大冰雹会很快将他们打死。

酒吧门被撞开了。田无几坐着自制的四轮滑板车飞快地贴地而至，看上去就像一只酒坛子摆在一张小矮桌子上。"噢，这冰雹打得，这冰雹打得，有劲道，有劲道。"他不住地嚷嚷，双手撑着地面，费力地想将自己连同滑板车拖进屋里。

又一阵冰雹夹着雨水从门口飞入，砸在田无几圆圆的大脑袋和他又短又宽的半截身体上。田无几用他那两条粗壮有力的手臂狠狠在地上撑了两下，迅捷地滑到了酒吧中央的玻璃吧台边。他呼呼喘着气，抖了几下身上的冰屑和雨水，从湿淋淋的衣袋里摸出一支烟来，含在两截烤香肠般的厚嘴唇中间。他点了很久才勉强点着了淋了雨的香烟。"噢，这冰雹打得，这冰雹打得，"他吐出一股潮烟，边抹着额头上的血糊边叫道，"像是专门冲我来的，哈哈，你们看看，额头都打破了。"他等着有人将他抱上吧台的座椅，但今天暂时没人过去。

"噢关上门赶紧关上门。"贺老六不满地嚷道。他尽管缩紧身体，还是咯噔咯噔连连地打寒战。

不一会儿工夫，这场突如其来的冰雹停止了，借着马路两旁商店和酒吧透出的灯光，能看到路面上堆满了冰球、冰屑以及碎裂的屋瓦、路灯和窗玻璃，几个被冰雹打死的路人蜷着湿漉的身体，安静地躺在地上。

田无几见没人上来帮忙，便将滑轮车推到克克的椅子边，让身体舒舒服服地斜靠在她的座椅腿上。他吐了嘴里那支烂烟，不紧不慢从腋下抓出一只玻璃瓶子，拧开盖子，用右手的食指从里面挖出一团黄乎乎的东西往嘴里送。

"据说狂吃滥饮的人在地狱受的刑罚就是忍受冰雹的抽打。"克克说。

"这个城市做地狱肯定不够格。它连地狱魔光也没有嘛。"郭碈挺直脑袋，又来了精神。

"这里面是什么？"贺老六走到田无几边上，弯下身，指着他的瓶子问道。

"黄油拌奶酪。"布比说。

"对，butter 拌 cheese。来一口？"田无几将黄油奶酪瓶递了上去。

"不吃。"贺老六端起田无几的半截身体，将他放到了中央玻璃吧台前的一只空椅上。

田无几忽然看到了坐在他对面的方向明，立即飞快地从怀里抽出一把长长的弯月形勾刀，朝方向明劈了过去。虽然方向明早有防备，闪了一下，肩上还是被砍了一道大口子，血立即涌了出来。

"真是过分，真是过分。每回见面你总是跟我过不去。"方向明在远处捂住自己受伤的肩膀说道。

田无几根本不加理会，双臂用力一撑，让自己的身体飞离高高的座椅，落到他自制的四轮滑板上。他用自己矫健有力的双臂，边挥舞着手中的大刀片，边飞快地向躲在角落里的方向明滑过去。

"哈哈，小气鬼，这下没活路了。"布比大笑起来，身体蜷成了一团。

克克走到布比后面，伸出双臂，搂住了她树脂般柔软的身体。她再次向角落里的山羊胡子男人投去意味深长的一瞥，对方回她以心领神会的微笑。

"这家伙可真烦。"在一边独自喝酒的唐当当这时咕哝了一声。

田无几听见唐当当的声音，立刻收起大刀片，让滑板原地旋转，机警地搜寻唐当当的人影。他看到了暗处的唐当当，顿时泄了气，轻轻推两下地面，想溜出酒吧。唐当当走过来，一脚将田无几踢到了地上："你他妈的还没死，怎么还没死？"

"哦，哦，"布比又开心了，"今天田无几可真他妈走运。"

"就是就是。"田无几慢慢爬上自己的滑板，不知道该出门离开还是回到他刚才的座位上。唐当当看上去显得很懊丧。他走到田无几面前，没好气地一把拎起他，将他扔到刚才那只椅子上。"butter 拌 cheese。"田无几把两大团乳酪拌黄油搁到自己舌头上，美美地咽了下去。

"我们没事了吧。"方向明捂着被砍伤的肩膀，犹豫不决地坐回到田无几对面。

"你是个胆小鬼。"郭嘏对方向明说，喝了一大口杯里的酒。他的脑袋和背上都冒着热气。

"他真的是太可爱了，"克克向郭嘏投去一个温暖的眼神，"下午一人坐在我酒吧里喝，后来我陪他喝，后来又回到这里喝。喝到这个时候，我看是差不多喽。"

唐当当过来坐到了克克旁边。他手背上血还在不住往外涌。他不时抬一下手，用舌头舔掉上面的鲜血。"你喜欢上他了？"他问克克道。

　　"唉，你激动啥子，人家比你年轻嘛。"克克说。

　　"敢作敢为，这自然很好，"方向明附和着克克说，"但对于我们这样年纪的人，勇气是一件令人头痛的事情。你会没完没了为它感到难过。"

　　"你根本就没有，还怀疑啥子咪？"克克不以为然地笑着说。

　　"不会啊，不会啊。"方向明软弱地争辩着。他从口袋里掏出一个黑色的尼龙套，递给对面的克克，说，"我特意为你带的，眼罩，你睡不着可以戴。"

　　"飞机上的赠品，别自己戴过又拿来送人。"驼背佬贺老六讥笑道。

　　"都没拆封呢，"方向明说，他又问克克，"现在还经常像以前那样失眠吗？"

　　"这种东西纪念意义太重喽。"克克说。

"是吗？"方向明和气地笑着，"你看我好不容易有了一点盲目的勇气，结果却是错误的。不过无论如何，莽撞可不是我们这个年纪的人的特色。"

"你这把年纪了还莽撞，就太没有自知之明了。"贺老六冷冷地说，然后再次表演了从眼角开始的连锁性的身体痉挛。

"你是指喇嘛那批贝叶经？哦，我只是去看了一下，绝不会抢老项的生意，不会，你放心。"方向明急忙申辩。

"我真想把你一刀劈死。"田无几鼓着两腮冲方向明说。他吃完了一瓶黄油拌乳酪，看见服务生替他端来一盘鲜嫩的牛排，立即要扑上前去。站在他边上的贺老六赶忙伸出手，一把托住了他下坠的身体。

"一棍子打死，立即打死。"布比在一旁大声鼓励。

"哦，痛苦是欲望的债主。"方向明对克克亮出了警句。

"她一紧张就乱。"驼背佬贺老六说。这次只是脸部和脖颈抽动了一下，看来他在努力控制。

"你说吧，什么时候给我上电刑。"布比蛮不讲理。

"我觉得最理想的办法是替你做脑切除，那样最省事。你就会变得特别安静。"贺老六盯着布比笑着说，样子就像是在跟她分享什么美味。他说完端着茶杯站起来，用力扭几下腰，以便松动一下关节。

布比听了这话忽然间变得安静，许久不再吱声。仿佛为了安慰她，泡泡走到她后面轻轻摇着她。"你知道她哪个地方摸起来最舒服吗？"泡泡回过头去问在边上走来走去的贺老六。

"这个要老项来回答。"贺老六说。

"背部，尤其这个部位，又厚又柔软又有弹性。简直太舒服了。摸着摸着就要流口水。"泡泡说。

"哈哈，是这儿吗？"方向明走了过去，在布比背上捏来捏去，终于找着泡泡说的那块诱人的肉。

"哥们，你的驼背太难看了，真想帮你一脚踩直了。"郭碬冲贺老六喊道。

"他嘛，躲在伪善者的书院里，身上挂满了恶意，比铅块还要沉重。"克克微笑着瞟了一眼郭碬身后的贺老六。

"做这么多年的夫妻，克克也算是从我这里学会了一样东西，刻薄，"贺老六说，"他们都叫我贺刻薄，那她就该叫做克刻薄。"

"他每次抽抽，我就想过去帮他把大筋给抽出来。"郭碬说着站起来，走到布比后面，问道，"我们现在就走吗？"

"我们现在回去吗？还是跟郭碬……"泡泡附到布比沉甸甸的脑袋边上轻声问道。

"去玩！趁着贺老六还没有把我的脑子给切掉，让我变成一个大傻瓜。"布比倒进泡泡怀里，呵呵笑着。

"又想谈恋爱，又怕得要死。"驼背佬贺老六的口气很冷淡，很肯定。一丝得意使他失去了戒备，他的肌肉抽搐症再次发作。

"她可真沉。"泡泡试着抱了一下布比，笑道。

"我在哪儿见过你。"唐当当端着酒杯走到坐在角落的山羊胡须男人跟前。

对方抬头看了一眼唐当当，摘掉帽子，露出一个光头。

"幸会。你就是那个越狱犯。"唐当当向古里手举起杯子，点点头，一口喝完了杯中的酒。他走到门边，从衣架上取下了自己那套蝙蝠侠的行头，准备走人。

"现在要是有一只烤羊腿，就死而无憾了。"田无几吃完牛排，抹着油滋滋的厚嘴唇说。

"改天我找你。"唐当当在门口冲古里手大声说道。

所有人都安静下来，再次一齐将目光投向古里手。古里手看到克克也在看着他，便冲她微微一笑。他天真调皮的神态让克克有些不好意思，她低下头去。

唐当当在外面发动了摩托。随着马达轰鸣，一股刺鼻的汽油味从门口涌了进来。唐当当离弦而去。紧接着，远处传来一声尖叫。

"你们说唐当当是撞死了一个老太太还是撞死了一个姑娘？"田无几说，抓了一把猪油渣塞进嘴里。

"姑娘，漂亮的姑娘，"驼背佬贺老六满不在乎地说，"这点风范唐当当还是有的。"

莫是和莫非两兄弟在门口探头探脑，往角落里张望了好半天，才终于走了进来。

"古里手。他就是古里手。"双胞胎兄弟中的一个叫道。

"你在这里，我去叫警察。"双胞胎兄弟中的另一个急着往外走。

"赏金平分！"双胞胎兄弟中的第一个喊道，另一个已经冲出门外。

"这名字怎么这么古怪这么熟悉？"方向明疑惑不解地说。

"你可别想从我们这儿摸出什么道儿来。"双胞胎兄弟中留下来的那一个答道，一脸的诡秘。

"什么道儿？这不疯掉了嘛。"方向明显得很生气。

"我跟你走不就行了吗？用不上跟你兄弟分赏金了。"古里手站起来，对留下来的那一个说道。他朝克克点点头，朝门口走去。

郭毦看着自己脚上那只开了大口子的鞋子，抬起头来冲门口大声喊道："莫是莫非？噢莫非，你这鞋是怎么修的？"

古里手已经跟着莫非离开了酒吧。

"什么莫是莫非？"方向明说。

唐当当又闯了进来，他将烟拍到台子上，说："不爽，真他妈不爽，只是撞断一个妓女的大腿骨。"

"那可是人家拿来挣钱的地方。"贺老六说。

"一点不错。我付的是最高价。"唐当当一口喝完半杯服务生递给他的烧酒说。

"我们可没有那么走运了。"莫是带着一个警察进来了，他额头上不住流着血，那个警察弯着腰捂着肚子不住呕吐。所有的人都掩住了鼻子，从他嘴里吐出来的东西实在太臭了。

"车呢？"唐当当问警察。

"被古里手抢走了。"警察说。

"古里手呢？"唐当当问。

"给了他一拳，给了我一石头，不见了。"莫是答道。

"他会回来的，克克在这里。"唐当当看着克克说。

克克羞涩地低下头去。

12

　　小剧场里挤满了多夕的歌迷，今晚是他的最后一场演出。在人们的嚷嚷声中，四个戴直筒礼帽的男人走上舞台，一齐向观众脱帽鞠躬致意。忽然间，他们扮起大笑脸，以机械又一致的动作，向前冲一步退回去，冲一步又退回去，手臂跟着向前摊开，收回，摊开，收回，同时四人没完没了地齐声唱道：厌倦啊，厌倦。厌倦啊，厌倦。

　　就在人们开始起哄的时候，一字站开的四个男人中间出现了一棵椰子树，紧接着从它边上又冒出了第五个男人，他没有理会四个男人翻来覆去高唱厌倦，抬头看了一眼挂在椰子树上的椰子，开始往树上爬。他爬到树顶，伸手摘下一颗壳子已经透黄的大椰子。

郭碫立即发现那不是一颗椰子，而是一只黄色的大皮箱。拎皮箱的男人从椰树顶上小心地爬下来，将皮箱在地上放好，然后他掏出眼镜戴上，将它打开。皮箱里面探出一个漂亮女孩的脑袋。她亲了一下这个男人，对他严肃地说："这出戏，你得好好演，而且一定得将它演完。"

"牛逼。"郭碫大喊大叫。他一把搂过布比，去吻她的腮。

"多夕怎么还不出场。"布比推开郭碫，紧张地往四周望了一下，问道，"泡泡好看吗？"

"我得好好看一下。"郭碫向泡泡俯过身去，盯着她说。

"这样看会让你失望的。"泡泡说，身体往椅背仰开去，可椅背在另一侧，结果仰翻在地，两条光腿在椅子上一阵乱蹬。不过，仿佛女人们脱光了衣服，已然如此，索性听之任之：她一脚蹬掉椅子，朝郭碫叉开双腿，伸过来一支手臂，要他拉她上去。

郭蝦俯身去拉泡泡，差点被泡泡拉倒在她两腿之间。还好他反应够快，一下跳过泡泡的身体，站到了她的身后。他两手隔着泡泡的衬衣插进她丰厚潮湿的腋窝，从后面将她抱了起来。

"郭蝦俊吗？"布比凑到泡泡脸旁，眼睛却盯着郭蝦。

"很英俊，真的很英俊。"泡泡说，紧紧抓着郭蝦的手不肯放开。

布比突然举起双臂和周围的人一起鼓掌，吹口哨。几个乐手出现在舞台上。布比指着那个干瘦的一团乱发的矮个男人对郭蝦大声喊道："多夕。"

在多夕和他的乐队试音的时候，一个长得像一支弯曲的甘蔗似的高个儿主持人走到话筒前面，向观众介绍起了多夕，立即招来一片谩骂。有人将一杯啤酒泼到了他的脸上，他还来不及抹一把脸，又有一只铁头高跟鞋打到了他的额头上。主持人捂住鲜血长流的脸，让一个穿短皮裙的女孩匆匆扶下台去。

乐队试完音，多夕坐在舞台中央一只高凳上，眼睛盯着天花板，唱了起来。

郭嘏挣脱泡泡的手，一把搂住了布比。布比轻轻挣扎了一下，终于顺势倒进了郭嘏怀里。一个下颌尖削的驼背中年男人走过来，以拳捂嘴咳嗽一声，坐到了郭嘏边上。是贺老六。布比甩开了郭嘏的手。

"我在后面看着像你。怎么，老项没来？"贺老六扮着笑脸对布比说。他快速地扫了郭嘏两眼，没忘了顺带表演一下他的神经性抽搐症。

"他才不会对这种演出感兴趣呢。"布比说。

"你得的是脑瘫还是颈椎病。"郭嘏大声问贺老六。

布比紧张地看看贺老六，又看看郭嘏，仿佛一场灭顶之灾要降临到郭嘏头上。但贺老六仿佛根本没听见郭嘏说什么，关切地问布比道："这两天怎么样？"

"每天吃半颗舍曲林，很正常。"布比松下一口气。

"那再等等看吧。这两天我得在北城市一医院加班，忙不过来。"贺老六说。

"你不会切掉我的脑子吧。"

"这个，不太好说，我们还要再看。"贺老六忽然摆出一副公事公办的样子。他站起来，指着玻璃墙隔着的那头说，"这儿太吵，我去那边看看。"

"那边都是一帮小孩在玩。"布比说。

"我也去那边看看。"郭碾跟着贺老六站起来。

贺老六并没往舞池那边走，而是径直走出了小剧场大门。郭碾拎着酒瓶，来到玻璃墙的另一侧。他走到舞池前面，看到一群满脸油汗的人挤在一块转动的圆形大木盘上，在拼命地摇摆身体。他走过去，站到了上面，发现脚底的木盘不但会转动，还波浪一般随着众人身体的摇摆上下晃动。他跟着大伙一起摇摆起来。两只软柔的手臂从后面搂住了他，接着一大片更加软柔的肉贴上了他的背部。是泡泡。

"啊他站在那里，你挡住我一点。"

"谁？"

"那个大胖子。"

郭碬抬起头，看到三五米开外，一位身披红色袈裟的高大的喇嘛正满脸堆笑看着他。

"是个喇嘛。"

"喇嘛旺堆。他缠了我一个星期了。"

"他想上你？"

"就去年去西藏让他上过一回，一时好奇嘛。今年居然追到这儿来了。"泡泡搂着郭碬的腰拼命往人堆里扎，以躲开喇嘛旺堆的视线。趁着舞曲再度响起，泡泡的一条腿悄悄地从后面伸进了郭碬的裤裆中间，因为人太拥挤，她的动作显得如此的不经意。

"喇嘛旺堆走了。"

在喇嘛旺堆刚才站立的地方现在站着一个男人，椭圆形脑袋，光头，小眼睛，下巴上有一撮山羊胡子，脸上挂着说不出是微笑还是嘲讽的神气。郭碬认出那是古里手。他放开泡泡，朝古里手走去。

"我想找个人来洗干净头脑。哦，姑娘，让我抬不起头……"多夕唱道。

"连着四天，我都来听他唱歌。"古里手说。

"我住在公安局旅社，随时去看我。"郭毦邀请道。

"我随时去看你。"古里手呵呵笑了两声，脸上的笑容这会儿看上去很甜，"多夕的嗓音多么迷人。他的脸，多么干净，跟你一样干净。"

泡泡已经回到她原来的位置，一动不动坐着，喝着果汁。她虽然看着舞台，却有些心不在焉。布比在边上前俯后仰狂笑不止，看上去已经醉了。古里手穿过吵吵闹闹喝酒打牌的人群，在布比的邻桌坐下。郭毦也回到了他刚才的座位，但布比好像没看见他，她半闭着眼睛，完全沉浸在多夕的歌声里。

"喇嘛为什么忽然跑了？"郭毦问泡泡。

"为什么？"

"因为来了一个杀手。"郭毦将头凑到她耳朵边上。

泡泡并没有顺着郭碬眼睛的指示往左边看。她将手里的杯子慢慢地放回到桌上，身体跟着缓缓前倾，就在她的饮料杯触到桌面的一刹那，她丰满雪白的胳膊突然飞起来，一把抓住郭碬的手，塞进了自己的大腿缝里，动作又快又利落，仿佛她的猎物是一只才学习扑飞的小鸟，随之，她脸上的表情起了变化，刚才木讷拘谨的神态里，一种淫荡的迷醉和满足在快速渗开来。

郭碬听到边上传来呵呵的笑声，他转过头去，看到邻座的古里手正向他高举酒杯点头示意，嘴角露着一丝笑意，一副看透一切的架势。这位油腔滑调面带讥嘲的，对，无神论者，十足的危险分子，郭碬心想，跟他远远干了一口。古里手回过头去，眯起眼睛，煞有介事地仰头望着台上的多夕。

歌手开始唱他的最后一只曲子：厕所和床。

台下的人大声附和着歌手唱道：那歌声无聊可是辉煌，哦耶耶耶耶嗳。

"借我两块钱，我想跟那拨人玩 Soha，一角起底，一块封顶。"古里手走过来向郭嘏借钱。

郭嘏趁机挣脱泡泡的手，从兜里摸了两块钱给了古里手。古里手道过谢，走到那群打牌人中间。

多夕和那些乐手已经下了台。布比跟着大伙喝完彩鼓完掌，转过身来，看到了郭嘏："你刚才去哪了？找你不见。"布比吸了一口大麻，将它递给了郭嘏。

"去转了一圈。"郭嘏抽了一口，又让给泡泡。他看到多夕端着一罐饮料走过来，犹豫了一下，在自己对面坐了下来。

"你好。"多夕孩子气地笑着跟郭嘏打招呼。

"你好厉害。"没等郭嘏向多夕致意，布比便凑上前来，拿自己的啤酒瓶跟多夕碰了一下。

"谢谢。你是不是有个朋友叫 E？"歌手问布比道。

"对。让我看看你的手。"布比向多夕伸出手去。多夕顺从地将自己纤长的手搁到布比肉乎乎的手掌上。"真可惜，你的手不够漂亮，拿它抚摸 E 的小柠檬乳房有点不太般配。"

"你能带我去见她吗？"多夕显得很激动。

一个女孩走上前来，一声不吭地向多夕递过一支眉笔和一个小本子，让他签名。

郭龈忽然看到古里手身后出现了两个穿着皱巴巴警服的人，他俩一左一右将手搭到了古里手的两只臂膀上。古里手回过头看到莫是莫非兄弟俩，忍不住哈哈笑了起来："你俩一定是想那笔悬赏金想疯了，这怎么行？不管脑筋够不够用对不对，怎么也得动一动。"他说完冲门口的两位保安吹了一个响亮的口哨。两位保安立即向他走了过来。

舞台上这时走上来一位穿白色百褶长裙的脱衣舞女。

"你们看看这两位穿的是什么破烂警服，还能比这更假点儿吗？"古里手对两位愣头愣脑的保安说。

"出去。"两位保安掏出别在腰间的手枪，带着乡下口音命令莫是和莫非。

兄弟俩几乎同时出手。莫非抹掉了其中一个保安的手枪，莫是夺过另一个保安的手枪，对着他的肚子放了一枪。另外那位保安再没有心思管这闲事，赶紧脱了自己的外套，剥下贴身汗衫用力压住同伴汩汩冒血的创口。莫是将枪口顶住了古里手光秃秃的脑瓜子。

"别打死他，"莫非喊道，"一大笔赏金呢。"

没等莫非说完，古里手往后一抬手格开莫是的手臂，一个大背摔，将莫是整个人从自己背上凌空摔倒在地。枪响了，子弹击中了台上那位脱光了衣服的舞女的脖子。她捂着水枪一样喷射着鲜血的伤口，赤裸着身体在观众席里尖叫狂奔。趁着场面混乱，古里手将莫非一脚踢倒，冲郭碬和多夕打了一个响亮的口哨，离开了剧场。

13

剧场外面聚了一群人，围着一个矮个儿的男人，方形脸，嘴巴紧闭着，两个嘴角挂满了白沫。他站得笔挺，用又像是狂怒又像是仇恨的目光朝四周的人群缓缓扫视，鼻孔里呼呼喘着气，牙齿咬得咯咯作响，在腮部印出一条条的肌肉来。郭嘏看到他裤子膝部露着两个血淋淋的大洞。

围观的人一个个都冲他大声喊：再来一个，再来一个。那家伙突然手臂一挥，抽了边上一个大个儿男人一巴掌。没等对方反应过来，他仇狠的狂怒的神情已换成一副谄媚的笑脸，露出一副黄黄的牙齿，一个劲地向被他劈了一巴掌的男人举手道歉："对不起，大哥对不起。"对方根本不理会他的道歉，抬起腿一脚将他踹倒在地。方脸男人狠狠地往地上吐出一口鲜血，转过头来，再次对那个男人怒目而视。对方一见如此，赶紧又抬起一只脚，装作要踩他的样子。方脸男人狂笑一声："好，我就再表演一个！"说完跳到空中，然后青蛙似的张开四肢，听任自己重重摔到地上。哦，唷，人群中发出一阵惊叹，就好像是他们自己的膝盖骨碎裂了。方脸男人在地上趴了一会儿，突然又一跃而起，这次他唱起了军歌，同时做各种刺杀、击打、跃起、趴倒动作。这套动作做了一半他便停了下来，眼睛死死盯着离他最近的一个男人，冷不防将一口浓痰吐到对方脸上。

布比一左一右搂着郭嘏和泡泡踉踉跄跄往前走。泡泡的手臂越过布比后背，不住捏着郭嘏的腮帮子。郭嘏扭动脖子，试图甩开泡泡的魔爪，但他每次努力都换来泡泡更严厉的惩罚：狠狠在他脸上拧上一把。郭嘏忍着不叫出来，就算叫出来布比这会儿也听不见了，就算听见了也没有意思。他不再反抗，听任泡泡摆布。

他们身后传来女人的尖叫声。那个疯子手里举着一块石头，在追赶刚才看他跳军人舞的几个女人。见她们惊叫着四下逃散，他扔了石头在路中央站定，狂笑不止。

布比突然用手捂住嘴，跌跌撞撞着往路边柏树林里一头钻了进去。泡泡犹豫了一下也跟着进了小树林里。郭嘏刚要跟着进去，一辆挤了五六个人的三轮停在他边上。歌手多夕从车后门探出脑袋，大声向他打招呼。

"你女朋友呢？"他问郭嘏道。

"在里面。"

"吐了？"

"好像在吐。"

"说我明天再找她。"多夕大声喊道。他同车的人大声嚷嚷，让三轮车快走。

"郭嘏。"泡泡在树林里叫了一声。

郭嘏走进林子，看到布比一手扶着一棵小树，一手勒着肚子在费力地呕吐。看着布比高高撅起的大屁股，郭嘏心中一动，想去搂她。他还没伸出手，泡泡突然一把将他揽到了自己怀里。她的嘴如同一只吸盘，一下子吸住了他的脸，紧接着她的舌头跳起来，有力地伸进了他嘴里，台风般地四处卷了一圈，又飞快退了出去。"不行，她在吐，这样不行。"泡泡还没来得及做完忏悔，那股贪婪饥饿的狂风又卷了回来，再次将郭嘏的脸拖进自己的大嘴里面。这回，她用双手紧紧抓住郭嘏的脑袋，再不肯放开。

布比抹一把挂在嘴角的呕吐物，有力地向后一挥手，"我们走！"转身便往外走。泡泡并没有放弃郭嘏，反而腾出一只手来，伸进了他的裤裆里。郭嘏清醒过来，一手护紧自己的蛋蛋，一手抓住泡泡的衬衣领子奋力一扯。泡泡的衬衣被整个撕开了。她愣了一下，双手护着前胸逃出了小树林。

郭嘏来到林子外面，看到布比东倒西歪已经走出很远，泡泡双臂抱胸跟在她后面，边不住往后张望，显然不是在看自己，而是打算拦车。

一辆人力车穿过马路停在了泡泡边上。郭嘏飞快冲上前去，对着车夫就是一脚。车夫见状，赶紧用力蹬上几脚飞快地溜走了。郭嘏撇下泡泡，又跑到布比身边，说："我跟你去你家里。"

"想得美。"布比笑着说，嘴角还挂着没吐干净的口水。

"我陪你回去。"郭嘏又说。

"泡泡呢？"布比无助地问郭嘏道。

泡泡企鹅一般一扭一扭跑了上来，两只大奶子裸露无遗，在手臂上方不住地晃荡。

"你想见老项吗？"泡泡气喘吁吁地问道，看不出这是一个普通的问题还是一个威胁。

"我跟他老人家聊聊。"郭嘏说。

"聊个屁。泡泡走！"布比吐掉一大口胃酸，大声喊道，"走。我明天就去把脑子切掉。"

郭嘏搂住布比，轻轻吻着她的脸。布比任他吻着，等他一松手，立即又朝泡泡一挥手："我们走。"郭嘏不再坚持，听任两人钻进一辆已在一旁恭候多时的三轮车走了。

14

    郭嘏闻到了香喷喷的烤肉味。前面弄堂口的一个烤肉摊前，几个男孩女孩蹲在地上吃肉串。不远处，一条肮脏的野狗不住地朝着他们昂首吠叫。一个男孩捡起一块石头朝它奋力扔去。它扭头跑开几步，在路边默默地站了一会儿，看那些人不再注意它，再次悄无声息地向烤肉摊走近。等它走到跟前，那几个人突然转过头来冲它一齐跺脚大吼。野狗惊叫一声，慌乱地蹿进附近一条小巷，一溜烟跑了。那群孩子开怀大笑。

    郭嘏拐过弯，来到一条宽阔的马路。这里稀稀拉拉亮着几盏路灯，地上一片狼藉，废纸片、塑料袋、饮料瓶和瓜果皮在风中哗哗卷动。看来夜市刚散去不久。一位被不合身的衣服捆得像一只小包裹的老妇人，正将地上一只只空饮料罐狠狠踩扁，扔进随身带的编织袋里。

一个新疆口音的男人在郭嘏后面大声吆喝：哎来嘞来嘞来嘞。郭嘏转过身，看到路边一个戴八角帽的男人正边扇着炉火边向他招手。他看到郭嘏走近，一弯腰，从铁槽一端向另一端呼地吹了一口气，一大团火星顿时向空中飞舞开来。

"肉串，板筋，腰子，肝，啥都有，自己挑，自己选。"那个男人指着摆在路灯下的竹篓咕噜咕噜说道。竹篓里装满了用竹扦穿着的肉串，看上去有些发白。烤肉摊边上摆了一张肮脏的旧沙发，上面有许多破洞，露着黄乎乎的海绵块。一个女孩面朝里蜷曲着，身上盖着一件油光发亮的大衣。她歪着脑袋，发出一阵阵轻微的鼾声，两只雪白的小腿垂挂在沙发边沿。

前面吵吵嚷嚷走来五六个人，每个人都浑身烂湿，裤腿哗哗地淌着水。他们抬着一个身体软绵绵的男人，气喘吁吁地往前跑。一位老太太踩着小碎步哭哭啼啼地跟在他们后面。郭嘏闻到了一股浓烈的腐臭味。

刚才那条杂毛野狗忽然出现在这群人旁边的人行道上。它紧紧盯着他们，步子轻快，不远不近地跟在后头。那群扛尸体的人只顾着往前跑，没有注意到边上有条野狗。

它突然一跃而起，没等那群人作出反应，早已从尸体垂挂在外头的手臂上撕下一大片肉，飞也似的跑开了。它们自然不会错过这百年难遇的人肉节，郭嘏目送着这群渐渐远去的送尸人，心想。

"来嘞来嘞，肉串，板筋，腰子，肝，随便挑随便选。"新疆男人在他后面再次吆喝道。

郭嘏缩一下脑袋，走回烤肉摊前面。那个新疆人走到沙发边上，将盖在女孩身上的大衣一把扯掉，用油腻的大手粗鲁地推了两下她的肩膀，大声说："起来了起来了，来了客人了，让开让开，客人要坐嘛。"郭嘏看到这位虾米一样弓着背的女孩脖子上有一个米粒大小的红痣，认出她是小边。她醒了，侧过头来愣愣地看着面前的郭煆。

"是你？你的腿好了吗？"小边从沙发上站了起来。

"我叫郭煆。你看，我的脚好了。"

"让我看看。"

郭煆将裤腿卷起来，让小边看他的伤疤，上面已经结了痂。

"怎么样，我的医术还是很不错的吧。"

"你在做什么？"

"逛夜。你陪我一起逛。"

"好。"

"我们去江边看尸体吧。今天难得有月光。"

"江上还有尸体吗？"

"还有好多没捞呢，肚子吹得这么高，"小边比划着说，"脸都被鱼啃烂了，就是亲娘也认不出来。"

"臭不臭？"

"臭。我拿石头打它们的大肚子，咚咚地响。

它们一直在往下游漂，我昨天一直走到郊外才看到一具尸体。"

"那我们还去吗？"

"可能会一直漂到上海去。你去过上海吗？"

"去过。"

"好不好？"

"那里的人喜欢互相说最好听的假话。"

"哦。"

"上海好人喜欢把所有人都当作是来和自己做生意的，上海坏人喜欢对任何人都称兄道弟。"

"哦。"

"所以上海只有两种人，一种是生意人，剩下的就全是小偷。"

"你去帮我买点吃的，我饿了。"小边指着路边一家关了半边门的小杂货店说。

"你想吃什么？"

"啤酒，蛋卷，花生，牛肉干，有什么吃什么。"

杂货店门口摆着几只竹篮和大扁篓，里面

盛着瓜子，花生米，一捆捆用薄膜包着的烟花和各种水果。店堂只有大约两米见方，中间一张大床占去了一大半空间，床头和床右侧都紧挨着货架，但床与左面的货架之间留了一条能容一人侧身行走的过道。床上躺着一个哦两个人，一个中年妇女和一个小男孩。中年妇女的脑袋冲着门口，一头乱发露在被口外面。躺在她脚后头的小男孩正在熟睡。床沿坐着一个十四五岁的女孩，双手垫在屁股底下，边仰头看电视边摇橹一般左右摇动着身体。电视机搁在她对面的货架上，离她脑袋不到半米，正在放一出古装戏。她留着一头成年女人通常剪的齐耳短发，穿一件棕色的旧灯芯绒上衣，男式的，两腮没什么肉，可红扑扑的，看上去刚从乡下来。她不时吸一下鼻子，然后使劲将脸向下绷紧、拉长，拿手背抹过鼻涕，又重新将双手塞回屁股底下，继续像刚才那样摇动身体。

女孩看到郭叚和小边进来，轻轻叫了一声床上的女人。中年女人揭开被子，背朝着郭叚缓缓挺起臃肿的上身。她穿着一件红色的手工针织毛衣，下面是肥大的有不少小破洞的秋裤。显然她并没有真打算睡下，随时准备有顾客光顾。男孩穿着一身粉色的内衣，尽管被掀了被子，整个身体都晾在了外头，他咕哝几声，翻一个身，又继续沉沉睡去。

"要点什么？"中年女人一手撑着床板，费力地扭过身来问道。

"两个啤酒，一盒烟，一包蛋卷，牛肉干，半斤花生，"郭嘏说，看到小边从柜台上的一只塑料袋里顺手抓了一把兰花豆吃，便又说，"再来半斤兰花豆。"

"你给他拿一下，"妇人吩咐看电视的女孩，然后又问郭嘏，"不要什么了？"

"不要了。"

女孩将一堆食物递给郭嘏，然后又从中年妇女的大屁股下面翻起了床垫一角。床垫底下铺了两层啤酒箱子。由于口子上都是空瓶，中年女人不得不将身体挪到了床那头，以便女孩能翻开整块床垫寻找啤酒。女孩将两腮涨得通红，总算翻出了两瓶啤酒。

"我住得离这儿不远，去我那儿吧。"小边嘴里塞满了蛋卷。

"你一个人住吗？"郭毁跟小边碰了一下酒瓶。

"不不，很多人，"小边说，"我在饭店干活，这两天上白班。"

两人贴着路边一堵矮墙边走边喝啤酒，一会儿来到一个大缺口前。小边熟练地从缺口钻了进去。围墙里面是一大片瓦砾，看上去像是什么厂的员工宿舍区，刚刚被夷为平地。有几幢二层筒子楼还没有被推倒，但墙面也都被凿了一个个大洞。在一间空屋子里，一大群蓬头垢面的流浪汉就地围坐在火堆四周做烤肉。有几个已经双手抓着一大块肉在啃，有几个正手持废钢筋叉着的一块块肉在烤。边上的人不时抓起一把把辣椒粉和盐，扔到烤肉上面，一团团火焰随之冲天而起，发出噼噼啪啪的声响。一张张肮脏的被火光映红的男人脸上露出分不清是贪婪是惊奇还是饥饿的神情。

"你闻闻。"小边停下脚步。

郭嘏停下来深深吸了一口气。

"闻到了吗？"小边又问道。

"很香，有点呛。"郭嘏说。

"你想，就这些人，能一下买得起这么多肉吗？"小边问道。

"可能是便宜肉，看上去白乎乎的，不太新鲜。"

"新鲜才怪，都水里泡了几天了。"

"干吗要泡水里？"

"他们在烤死人肉吃。肯定是死人肉呀你这傻子。我每天路过这里，他们都在烤死人肉吃。人家好日子已经过了有一阵了好不好。"

"江里那些死尸吗？"

"他们从江里捞了没人认领的尸体，就在这里烤来吃。肯定。"小边说。她带着郭嘏穿过这片废墟，又走过一个道口，来到一片低矮的紧挨着山脚的院落前面。小边推开一个圆洞的铁门，让郭嘏紧跟在自己后面，以免磕着杂乱地堆在地上的东西。

"都是些生铁块。这里原先是个模具厂。"小边说。

郭嘏跟着小边在楼群里穿行，一阵阵浓烈的尿臭味扑鼻而来。这里看上去像是集体宿舍楼，不少房间还亮着灯，传出来响亮的歌声和叫声。他俩来到这里唯一的一幢三层楼房前面。小边没取钥匙直接推开了底层的一扇门，没等郭嘏回过神来，她已将他一把拉进了一团黑的屋子里。

屋里又闷又潮，暖烘烘的女人体味和各种便宜香皂、化妆品的气味混合在一起，让郭嘏感到头晕目眩。他的脸不时碰到到处乱挂的女孩的内衣内裤上，有的还在滴水。他终于一脚踢飞了地上的一只脸盆。砰嘣一阵响动之后，几个女生大声骂了起来。

"不好意思，我来了一个朋友，"小边回道，然后又小声对郭嘏说，"再喝点？"

"嗯，好吧。"郭嘏说。

小边坐到一个床上，翻身从里面拎出一瓶烧酒，先自己喝了一大口，然后递给郭嘏。郭嘏也喝了一大口，喉咙被猛地烧了一下，然后又从食道一路烧到了心烧到了肚子。他把烧酒瓶给了小边，突然感觉自己想拉屎。

"怎么样？"小边轻声笑着问。

"挺好的。"郭嘏说。

"进来吧。"小边说着一把将郭嘏拉进了她的铺位。

小边抖开被子，披在两人身上。郭嘏的手被她的手引导着伸到了她乳房上，不大，但饱满，有弹力。他的皮带也被她解开了，她抓住他的蛋蛋轻轻摇了两下，随后呵呵，心领神会地笑出声来。床很快摇动起来，吱嘎吱嘎，让郭嘏突然感到很难过。躺在上铺的女孩狠狠拍了两下床板，开始破口大骂，别的铺位上的女孩也跟着骂骂咧咧。姑娘们的骂声让郭嘏转忧为喜，他将脑袋埋到小边的脖子边上，估摸着那个小红痣的位置，

145

不住地吻。

走道里忽然传来一阵急促的踢踢踏踏的拖鞋声，一个邻室的女孩跑到窗前，冲里面尖声叫道："警察来查夜了。快。"说完她又踢踢踏踏跑了回去。整个楼一时间变得十分安静。

不一会儿，有人嘣嘣地敲响了门，一个男人在外面高声喊道："开门。警察。查房。"郭碫觉得外面的声音有些耳熟，就拼命想是谁。刚似乎有了一点眉目，小边已将他一把推下了床。

赤身裸体的小边拉着赤身裸体的郭碫跑到一扇透着微光的门前，一脚踢开，将他推进里面，随手从头顶拽了一件汗衫扔给他，然后砰地拉上了门。这是一个只有七八平米大小的房间，堆了不少圆木、灯箱、塑料方凳和铁疙瘩，中间是一只黄渍斑斑的搪瓷澡盆，正冒着腾腾的热汽，一个女孩吹着口哨在里面洗澡。紧贴着澡盆里侧，摆着一只油光发亮的帆布面旧沙发，一个裹着毛巾毯子的女孩面朝着墙躺在那里。

"洗澡？"洗澡的女孩问道，用脚对着郭碫踢出了一片水花。

"不。"郭嘏拿手里的汗衫挡住自己的蛋蛋说。

"你很冷吧。"

"对，挺冷的。"

"不过我还得有一会儿才完。"

"那要多久？"郭嘏哆嗦着问道。

"那你也来一起泡澡吧。"女孩说。

郭嘏扔了汗衫跳进女孩的澡盆，坐到了她的对面。女孩眯起眼睛看着郭嘏。她抬起一条腿，用脚丫子来夹他的奶头。"我坐到你怀里吧。你可以边弄我边替我搓背。"女孩说着掉过身，坐到了郭嘏怀里。

郭嘏听到警察在外面说话的声音："下次可不会罚这点钱就了事，拿不出证件就统统把你们撵回老家去。"随后，外面那扇门砰地关上了。莫是莫非兄弟俩，郭嘏终于想起外面那两个警察是谁了。外头宿舍里爆发出一阵狂笑声。一个男孩和一个女孩光着身子冲了进来，看到澡盆里和沙发里都有人占着，又嬉笑着出去了。

郭嘏忽然嗯嗯啊啊哼起了多夕的一支曲子。

"真好听，谁的？"女孩问道。

"多——夕——"

"歌词呢？"

"忘了。"

"好像挺伤心的。"

"嗯，是。"

15

一个男孩从后面冲上来，大笑着一把抓住郭
嘏。他身上背着一只大麻袋，在郭嘏前面猴子似
的跳来跳去。一个体格魁梧的老头跟着跑过来，
要抓那个男孩，几次都抓到了郭嘏身上，差点将
他摔倒在地。不过终于，他在一个墙角抓住了那
个男孩。老头举起大手朝他劈去一记耳光，将他
打倒在地。

你个逼娃子，抢我的垃圾箱。老头呵斥道。
男孩抬起一个又扁又大的脑袋，盯着老头，一副
愤愤的不平的神气。他跺着脚，号叫着辩驳道：
我哪里抢了你，哪里抢了你？老头将男孩拎起
来，使劲晃来晃去：逼嘴还硬，一巴掌劈死你。

男孩有些泄气，口气软了下来：那都给你好了，都给你。然后又轻轻地加了一句，畜生。

男孩心不甘情不愿，将麻袋里的破烂哗地倾倒在地。两人蹲到地上，将它们一一分类清点，最后，分成了两堆。老头让男孩先挑。男孩嘴里不停骂着畜生，用脚将其中一堆拨回自己的麻袋里。他往手里擤了一大把鼻涕，狠狠地朝天一挥手，把它甩到了身后一家小杂货店的小玻璃窗上。他在裤子上擦了一下手掌，背起麻袋大摇大摆地向前走去。

老头站在原地，笑眯眯地等着男孩来讨便宜。果然，刚走出十来米远，那小子便转过身来，朝老头吐口水扮鬼脸，尖声喊道："老畜生，倒路死，老畜生，倒路死。"

老头向前冲出两步，作出要追赶的样子。男孩根本不吃这套，边摇头晃脑倒退着走路，边冲老头吐舌头，做鬼脸，唱歌似的咒骂："老——畜生——倒路死——，老——畜生——倒路死——"

"哎，好，总有一天，要跟你算总账。你看着好了，总有一天。"老头大声喊道。他走到郭碫边上，从边上那辆装得满满当当的破烂车上扯出一只编织袋，回头去装剩下的那堆破烂。"日他娘的逼娃子，抢我的地盘，日他娘的。"老头边往编织袋里扔破烂边不住骂骂咧咧。他见郭碫走上前来，便开始向他抱怨："你看看，我日他娘的倒会图省事，拿块石头将垃圾箱砰地打破，在里头我日他娘的乱翻一通，换一个垃圾箱，我日死他娘的又拿块石头砰地打破，天底下我日他娘的哪有这种弄法？那下回还捡个屁。"

"我来帮你骑车。"郭碫说。

"我还是自个骑。"

"那你带我一段。"

"可以。从这里上。"老头拍着他的坐凳说。

郭碫踩着三轮车坐凳爬上垃圾堆，高高地立在了上面。车身一时间有些摇晃。他在破烂堆正中间踩了几脚，弄出一个凹陷来，然后一屁股坐了下去。老头耐心地等郭碫在上面坐好，才上了车，缓缓骑了起来。

老头从挂在车把上的布袋里摸出一瓶药酒，自己先喝过一口后递给郭嘏，说："小兄弟，你喝了有三分醉，我看，也就是三分醉。"

"一分的样子。"郭嘏说。

"有半斤，我看。"老头说。

"对，有半斤，那就是四分醉。"郭嘏说着举起酒瓶喝了一口，"要不要我来帮你踩？"

"年轻不一定力气就大，咱俩扭个手你就知道了。"

"扭个手。"郭嘏说，将酒瓶递还给老头。

老头将车停稳，扭过身来，从底下一把抓住郭嘏的手："伸直胳膊，对，你往左，我往右。"

"好。"

老头顺时针拧了一下，接着又拧了一下。郭嘏痛得直叫起来。老头放开郭嘏的手，得意地笑着，举起酒瓶喝了一大口药酒，然后又将它递给郭嘏。

"有没有什么下酒的？药味太重了。"郭

毈说。

"狗腿要不要？"

"狗腿好。"

"好，狗腿。"老头伸过去一只大手，在郭毈屁股底下的破烂堆里一通摸。

"生的熟的？"

"熟的。那只布包见到没有？你屁股边上。"

"噢有一只。是狗腿啊，好大呀。我说怎么这么硬，就把它扔在我屁股后头了。"郭毈摸到了那只布袋，从里面拎出了大半只酱狗腿来。

"吃吃看？"老头说，重新上了车。

郭毈想用手指抠一片肉下来，结果只撕下了细线似的一条，便将嘴凑上去咬了一口，这下扯下一大片来。他把这片狗腿肉撕成两条，一条给了老头。

"好吃吗？"

"好吃是好吃，"郭毈说，"就咸一点。"

"咸有味啊，对不对，不咸就没味了。"

"毛也多了点。不过还真是好吃。"郭毈说。

他边嚼咸狗腿边舒展双腿，在破烂堆上躺下来，不时从老头手里接过酒瓶喝上一口，又递还给他。天空压得很低，在缓缓旋转，既没有星星也没有月光，只有那个模糊的穹形。看不到星光的日子是没有希望的日子，郭碇心想，眼皮渐渐有些发沉。

郭碇感到三轮车飞快往一边滑了开去。前面的老头怪叫一声，从车上翻落在地。他疯了似的哭喊着跑开了。郭碇听到刚才那个捡破烂男孩恶毒的笑声。现在是那个男孩在蹬这辆三轮车，他猜想道，又睡了过去。

16

郭嘏醒过来，发现自己仍躺在那辆三轮车上。车子停在一个园子中央，边上堆着一些分了类的橡皮空瓶铁丝旧书牛粪纸之类的破烂。园子前面立着一间用断砖和石棉瓦盖起来的简易房，园子外面是一片碧绿的芥菜地。郭嘏摇晃着脑袋坐起来，看到那个脑袋又扁又大的男孩被吊在一个像门框一样竖着的钢管架子上，身上只有一条裤衩。他身上有许多道刀疤，有几道还带着新鲜的血痕。一条精瘦的黄毛狗在他脚下呼哧呼哧转来转去，不时抬起头来看他一眼，然后就伸动舌头去舔他的脚趾。男孩对黄毛狗吹着口哨，将脚晃来晃去，绕开它凑上来的嘴，在它的下巴和脖子底下来回磨蹭，逗它玩。他玩累了，便轻轻一脚将它踢了开去。黄毛狗跑到一堆湿漉漉的牛粪纸前面，从底下叼出一块肉皮来，上面还留着半只人的鼻子。它将这块肉皮摔来打去一阵子，扔下它，跑回到男孩脚边，重新不停地嗅来嗅去。

"那个老头呢？"郭嘏跳下三轮车问男孩道。

"可能死了，"男孩用一种与他年龄很不相称的轻描淡写的口气说道，"被我用石头从车上砸了下来。"

"那可能他真的死了。"郭嘏说。

"满，脸，是，血，"男孩将脸上的五官拧成一团，一个字一个字地用力说，"那样还能活吗？"

"你一直躲在一个地方等他过来？"郭嘏走上前去。

"那还用说，我要不让他死，还不就被他弄死了。那人可凶了，跟里面那条老狗一样凶。"男孩说着朝前面那个简易房黑黢黢的门口咴了咴嘴。

郭嘏走到门口，一动不动站了好一会儿，才看清屋里有两个人坐在一张方桌前面。男的是个精瘦的光头，正在喝一碗粥。他的脑袋很尖，脸和鼻子都很长，看上去体力充沛，能折腾也经得起折腾。他看到郭嘏进来，眼睛便开始不安地左右转个不停。他边上那个女人在不停嗑瓜子，往地上和自己的胸前吐着瓜子壳。她长着一张前突的鱼嘴，两只眼睛一大一小，从郭嘏进屋起她就冲他不停地傻乐。不知为什么，她忽然朝郭嘏乜斜一眼，露出一股鄙夷的神气。正当郭嘏犹豫着如何跟这家人打招呼，那个女的忽然咯咯笑了起来。她噼噼啪啪拍了几下手掌，掸去身上的瓜子壳，亲热地向郭嘏招手，让他过去。

"新来的？收破烂吧。"她的嗓门很大。

"他根本不是。"光头男人不满地说。

"你都看到了，就堆在外头那些。啥时候来拉走？"

"他根本不是。"光头男人一仰脸喝完了碗里的稀粥，将碗重重扔回到桌上。

"你们的书和牛粪纸都浇了水，我不要。"郭
皴说。

"我说他是收破烂的。"女的说。

"我不是收破烂的。"郭皴说着走到两人跟
前，他这才发现在女人身后靠墙的地方，还摆着
一张木板床，有个女孩躺在床上，看上去有十五
六岁，一直瞪着一双大眼睛在盯着他看。

"那你到底要什么？"男的问道，他看上去很
紧张。

"我想借一把剪刀。"郭皴说。

"你是坏人，对不？"女人想了一下问道。

"我不是，我是想问你们借一把剪刀。"郭
皴说。他看到躺在床上的女孩冲他无声地咧嘴
笑了。

"早知道他不安好心。"男的说。

"我想把吊在外面的那个男孩放下来。"郭皴
说，心里已经打算好他俩将他也吊到那个男孩边
上去。

光头男人听郭皴这么说，神情立即放松下

来。他咳嗽一声，将一口痰吐到地上，向对面的女人使了一个眼色："给他。"说完，他点上了一根烟。

"不吊他啦？"女的抓了把瓜子在手上，站起来，哼哼笑着问男的道。

光头男人没搭理这个女人，早已扭过头去顾自抽烟。看上去他对郭毴已经完全没有兴趣。

"有没有他穿的衣服？"郭毴问道。

女人从桌子的抽屉里取了一把剪刀，又走到床前，从躺着的小姑娘身边拿了男孩昨晚穿的那件短袄。她将两样东西交给郭毴，说道："你自己去解吧。"

郭毴走到外面园子里，那个男孩还在拿自己的脚趾跟那只瘦狗玩耍。他看到郭毴拿着自己的棉袄就哈哈笑起来，露出一副乱糟糟的坏牙。郭毴将男孩放下来，又剪开了缚在他手腕上的绳子，给了他那件短袄。他转过身来，看到那个眼睛一大一小的中年女人正倚在门框上，边嗑瓜子边冲他俩傻笑。郭毴刚想将剪刀交还给她，那个男孩就拉着郭嘏说："别理她，她是神经病。咱们走。"

郭嘏将剪刀扔在地上，跟着男孩越过破烂砌成的围墙，踩着芥菜地向前面的大路走去。那条瘦狗抛下那张玩了半天的人脸，紧紧跟在他俩后头。男孩从地里拔起一株芥菜，连着根部的泥巴朝它扔去。瘦狗并不死心，退回两步，又哼哼着跟在后头。男孩于是一气拔了十来株芥菜，一株一株朝它扔过去。它这才远远地立住了，再没有跟上来。

"你知道我几岁吗？"男孩问郭嘏。

"十三。"

"我看上去有十三吗？我没有十三，我像十三吗？"

"他俩是你爸妈？"

"他们像我爸妈吗？你说他们像吗？就我困难最多。你说那个老头像什么？你说他像不像一条狗？"男孩将右手按在胸口说，"一回我跟他要生活费，他给了我一刀。那个女的就在一边乐。

160

就我困难最多，你知道吗？就我困难最多。"

"我住在旅馆，你去不去？"

"告诉你吧，我不去你那里。"男孩说着拉一下郭嘏的手。等郭嘏俯下身去，他便凑到他耳边，轻声说，"我只有九岁，六岁的时候做了一年和尚。我现在还想去做和尚。"

17

郭嘏拖着两只泥脚走进布比的小店。泡泡一个人在里面。她看到郭嘏进来，只说了声你好便扭过头去，没有再理他的意思。郭嘏张开双臂想要搂她一下，结果被她轻轻推开了。

"你一直都喜欢这样吗？"她冷笑着问郭嘏，虽说是个问题，口气却不容置疑。

"我。"郭嘏不知道如何往下说。

"那么你是什么都不当真喽。"泡泡说，还是刚才那种口气。

"我。"

"布比来了。"泡泡忽然说。

郭嘏转过头，看到布比从与隔壁房间相通的

那道门里走了出来。她看到郭嘏在屋里，没有作任何表示，一声不吭地坐到茶几前面，拿了一块抹布和一只喷水壶，开始叽叽咕咕地清除茶几玻璃表面的污点。泡泡已闷声不响地趴在自己的工作台上，拿着一截铅笔在牛皮纸上涂涂写写。

郭嘏一屁股坐进那张他曾经睡过一觉的躺椅里，大声地叹了一口长气。两个女人都停了手里的活，一会儿，又继续各干各的。郭嘏眼睛望着天花板，听着一边传来布比擦玻璃的叽咕叽咕的声响，脸上露出了微笑。他两手交叉托住后脑勺，侧身扫了一眼两位姑娘，问道："有没有开水给我喝？我走了太多的路。"

布比将抹布一扔，迅速走到郭嘏面前，转过身，将屁股撅得老高，用嘴大声地放出一个屁来："开水没有，尿水倒有一泡，你喝不喝？"

郭嘏看到布比黑皮裙包着的圆滚滚的屁股，忍不住伸过手去，想在上面捏一把。可布比快速扭过头来，厌烦地盯了他一眼。完后，她走回到茶几前，继续叽咕叽咕擦了起来。

“这是怎么回事？”郭椴大声问道。见两个人都不搭理他，就站起来，从兜里掏出两块手掌大的巧克力，一人给了一块，说道，“我路过一家小店，看到有芬兰巧克力，就买了两块。世界上最好吃的巧克力就要数芬兰的了。”

“哈，给我干吗？”泡泡瞟了一眼桌上的巧克力嘲笑道。

“真他妈的没劲。”布比说，端了茶杯站起来去倒水。

“说真的，布比，我确实没有想到他是这样的。”泡泡轻叹一声，慢慢吞吞撕下一条细长的牛皮纸来。好大的声响。

“我早就想骂人了，早就想骂了，我他妈的真想破口大骂。”布比一个劲地说。

郭椴重新回到躺椅上。他走得太累了，现在一句话顶在他的胸口，堵住了他的呼吸，脸色也随之变得苍白。

“昨晚的讨论简直太关键了。”布比忽然得意笑着说。

"这是真的吗？"郭毾轻声自语。

"就是，要不然我们到现在还会被他迷惑。"泡泡说。

布比突然爆发出一阵大笑。这阵疾风暴雨代表了两位女性间的默契！郭毾只能在一旁看着。

"不行了不行了，再这样笑下去，真要缺氧而死了。咱们可不能缺氧而死。"布比勉强收住狂笑。

"不能缺氧而死。"泡泡说。

"你看他的样子，实在是太想知道我俩昨晚讨论了什么了。"布比说。

"还真是。他其实一点都不镇定。现在看来，哎，哈哈，不说了不说了，不能缺氧而死。"泡泡笑着说。

"他他妈身上每根神经都在出卖他。"布比说。

"所以嘛，我们昨晚的分析简直就是分毫不差，太准确了。"泡泡说到这儿忽然转过头来问郭毾，"郭毾，你怎么不倒杯水喝？"

"那我喝吧。"郭毾说，在椅子上欠了一下身体，没能站起来。

"妈的！"布比又露出厌烦的神色。她点了一根烟，眼睛盯着半空，又直又快地吐出一股烟来，然后，像是终于克服了厌恶，冷淡地说："郭嘏，真的，"她将视线挪回到茶桌上，拿烟蒂蘸了点水，擦掉了上面的一小点污渍，"胡闹也好，天真也好，假天真也好，无辜也好，假无辜也好，无论你怎么样，对我们全都没用。对你的所有小伎俩，我们都已经吃得很透了。"

"他可不一定会这样去想。"泡泡冷笑道。

"反正，不管你想去哪里，我都带你去。"郭嘏对布比说。

"我们确实讨论了你的问题，整整一个晚上，因为你的问题实在太大了，而你又是我们的朋友。"布比这会儿看上去不再像刚才那么生气了。

"那，这到底是怎么回事？"郭嘏说。他憋足一口气，奋力从椅子上站起来，走到店堂一头，一跃坐到了茶桌上。

"他坐得好高啊。"泡泡说。

166

"太他妈高了。"布比又露出厌恶的神色。

"郭嘏，你坐那么高不别扭吗？"泡泡说，并没有看郭嘏，仿佛对他的任何举动任何意图预先都已了如指掌。

两个女人突然又同时狂笑起来。

"他他妈就是一个小丑，要不是看在我面上，早就让人剁成肉泥了。"布比说。

"他刚才进门的时候还想搂我，可真像是个无辜的小男生啊。"泡泡说，笑着看了一眼郭嘏。

"今天和昨天，很不一样。"郭嘏说。他听到对面那间屋子里有个男人咳嗽了一声，刚才布比出来的时候没有将门关严。

"我想都想得出来他刚才想抱你的情景，就像是在抓一根救命稻草，脸白得跟鬼一样。"布比说。她变得有些紧张。隔壁屋子里再次传来那个男人的咳嗽声。

"确实很奇怪噢。他居然一见面就说：'嗨，让我抱抱你吧。'我倒真想让他抱一会儿，他那么瘦，一阵风都能把他吹走。"

郭嘏跳下桌子，在布比面前蹲了下来。

"为什么会是这样的？"他轻声问布比。

"还是我们昨晚说的。"布比避开郭嘏的目光，看了一眼泡泡说。

"是，没错。"泡泡说，低下头，继续在牛皮纸上涂涂画画。

"你他妈给自己下那么多套，设那么多陷阱，除了你自己，真他妈的不知道还有谁会往里跳。"布比愤怒地说，取了一只杯子，站起来去倒开水。

"哈哈，他被自己放的老鼠夹给夹了腿，疼得要命，还不好意思叫。"泡泡应和道。

"你俩对我有误解。"郭嘏说。

"误解？你知道，要误解你，现在对我们来说有多么困难吗？"

"还真挺气人，这时候他居然还想来碰运气。"泡泡说。

"我真想把他一拳打死。"布比说。

"对，一拳打死。"泡泡咯咯笑个不停。

"是因为昨天晚上的事吗？不管怎么样，我

只是想跟你在一起，别的都不重要。"郭嘏说。

"不行了不行了，再这样要缺氧而死了，绝不能缺氧而死。"布比拿起水杯咕咕地喝了一通，又大笑起来。

"你们，这明明不对嘛。"郭嘏说，看看泡泡，她在涂涂写写，看看布比，她越笑越疯。

布比狠狠跺了两下脚，一下倒进沙发里，边打滚边狂笑。郭嘏看到她露在白色羊绒衫下又软又鼓的肚皮肉，心想，她可真是诱人啊。他想要立刻扑到她身上，和她做爱。

隔壁那间屋子传来一阵咚咚的敲击木板的声响，似乎里面的人一时间变得很不耐烦。郭嘏站起来，朝布比刚才出来的那扇门走去。

门并没有关严，从门缝里可以看到那是一个很大的房间，比外面整个店堂还大。不过除了一张簇新的办公桌和一把皮面座椅，里面什么摆设也没有。屋子里散发出刺鼻的涂料味，显然是不久前才布置起来的。一个五十来岁的身材瘦小的男人两手撑着桌面，坐在办公桌上。他戴一副宽边玳瑁眼镜，嘴上叼着一根烟，两脚前后来回摆动，踢着桌子的面板。郭毈看到他脖子上挂着一块深黄色的丝巾，面孔呈酱茶色，像是罩了一层脏兮兮的黑雾。郭毈正要走进屋去，泡泡忽然冲上来，一把将他拉了回去，然后，她用自己饱满的身体挡住了门口。

"老项，布比老公。"泡泡压低嗓音说，对满脸疑惑的郭毈打了个嘘，让他别作声。

"噢，原来这里有个人在监视我们。"郭毈大声说，希望里面的男人能够听见。

"不许吵。项大人只是临时在这儿过渡一下，他很快就会在市长办公室上班。"泡泡冲着屋里大声说。

里面的男人显然注意到了什么，跳下桌子，朝门口走来。

"一派胡言，全是一派胡言。"郭毈抬高嗓门喊道。

泡泡伸出腿，一脚将郭毈蹬了开去。她转过身，换了一副低头哈腰的神气，对里面的人说：

"我是过来看看您是不是需要点什么。"里面的男人从喉咙底下发出一阵不快的咕咕声，又走回到办公桌前。泡泡飞快闪进屋里，不等郭碫走近，便砰地关上了门。郭碫转过身，看到布比远远站在店堂的角落里，缓缓揉着眼睛。

"看来里面那个人真的很不简单。"过了好久，郭碫说道。

布比咬了一口郭碫送她的巧克力，跟着掉下来一串眼泪。

"我走了一天的路。你看，我的鞋子，上面还有牛粪的味道。我一直走一直走，一直想你一直想你。现在，我要回公安旅馆去休息了。"郭碫说着走到布比前面，捧住她的脸，吻了她。

布比发出轻轻的叫声，让自己柔软的脸蛋在郭碫胸口缓缓地来回滚动。

"你累了。你并不喜欢我。你会离开我的。"布比抬起脸来，看着郭碫说。

从隔壁的大房间里传出了奇怪的声响，像是两头野兽在互相撕咬时发出的低吼和呜咽声。

"现在你什么都知道了。"布比说。

"我们走，现在就走。"郭嘏说。

"你走吧，"布比抬起脸，看着郭嘏说，"你并不喜欢我。"

"你被他们迷惑了。"郭嘏说。

"你并不喜欢我，我也不值得你喜欢。"

"就让他们去搞他们的，我们走我们的。"

"不行，我答应过他去做电疗，要不然他会让贺医生把我的脑子给切掉的。"布比说。

"我去找他谈一谈。"郭嘏说。

"不行，他正在争取市长的职位，不会允许一个陌生人随随便便闯进去。"布比说。

从隔壁房间发出的叫声变得尖锐，就像野兽因为走投无路，一时变得更加凶狠。

"那我在这儿等他一会儿。"郭嘏说。

"你要是见了他，就可能永远都见不到我了。"布比露出了哀求的神色。

两只野兽的怪叫突然平息了。

"有人在敲门。"郭嘏说。

"是喇嘛旺堆和歌手多夕。"布比说着跑去拉开了门，恢复了平时的欢快，"你们来这么晚。"

"我把我们伟大的歌手叫来了。我的偶像，多夕。"旺堆扶着自己的下巴愉快地说。他脸上挂着许多水珠，看上去像是刚从厕所里出来。

"你要再不来泡泡就不高兴了。"布比见旺堆不住地往店堂各处张望，半真半假地说。

"那么她还在？"旺堆快活地抹了一把脸上的水珠，俯在郭碫耳边说道，"林青霞去我房间看我了，要不是我赶着过来请你们吃饭，真不知道怎么脱身呢。"他的嗓门很大，屋里所有的人都听见了。

"你要走吗？"多夕问郭碫。

"对，刚这样想来着。"郭碫说。

"那就再呆一会儿，一起吃饭吧。"多夕看着郭碫说。

"也行。我饿了。"郭碫说，看到布比松下一口气。

"啊，你的前世不得了。"旺堆用宽大的袖子再次抹了一把脸，仔细看了一会儿郭碬，笑眯眯地说道。

"是谁呢？"多夕认真地问道。

"格萨尔王的大将丹玛。"旺堆点点头，脸上露出赞叹的神色。

"那我和他的前世是同一个人。"多夕天真地问道。

"啊是吗？"喇嘛旺堆满不在乎地说。这时泡泡从隔壁的房间走出来。她头发蓬乱，脸上一块红一块白，像是在发烧。旺堆一见到她，便走上前去，笑着问道："你在休息？"

"对，她他妈的一直在休息，"布比幸灾乐祸地大笑起来，"都他妈的快被操翻了。"

"你去看看就知道了，老项睡着了。"泡泡说，语调轻快，透着主人的随意。但她显然并不满足于此，又向布比凑过头去，低声说，"他已经是我的人了。只要你以后做事别太出格，太过明目张胆，非要成为他的绊脚石，他根本不会再在乎你是好是坏，是死是活，也不会在乎你是不是去做脑切除。"

"老项在里面吗？我正要找他呢。那批贝叶经他出价太低了。"旺堆说，像是根本没有听到泡泡刚才的宣告。

"你还真把贝叶经给卖了。"多夕说。

"我要去换十尊金佛。有人出的价比这个还多。"

"你小心玩过头，丢了性命。"泡泡沉着脸说，有了大老板的发言人架势。

"哈哈，小心玩过头，丢了性命。"布比大笑起来。

"生意不在人情在嘛。"旺堆争辩道。

"人都不在了还有个屁人情。你是急着想转世了吧。"泡泡讥嘲道。

"没那么严重嘛，那批贝叶经我还是要给老项的。"

"你说刚才跟林青霞在一起。"泡泡再次沉下脸来。

"哈，什么样的男人泡什么样的女人。"布比继续大笑。

泡泡听到布比这么说，紧张地瞟了旺堆一眼，等发现他整个下巴都快滑到胸前的时候，立即气歪了脸："你的脸怎么回事，还没去弄好？"

"噢，我甘菜洗了怕脸。"喇嘛旺堆说话已经不成样子，赶紧低下光溜溜的脑袋，去扶他的下巴。

"洗脸都会掉下巴，哈哈，可真够难为你的。"布比说。

"你用的是假下巴？"多夕想确证一下。

"噢，我刚才洗了把脸。"喇嘛旺堆终于将那半个人造下巴捏回到原有的短下巴上面。

"他妈的太惨了。哈哈。"布比狂笑着伏到桌子上，晶亮的口水流满了她白绒毛衣的前胸。

"我不是已经把它弄好了嘛。"旺堆有些不高兴了。

"谁都能一眼看出你装了一个假下巴。在哪个破美容院做的？"泡泡快要气疯了。

"老项不会真的生我气吧。"旺堆显得有些心神不宁。

　　"我们去喝酒吗？"郭碾提议道。

　　"走吧。"多夕说。

18

天空飘着细雨。广场中心高耸的领袖像下面，一大群人围成一圈，看一个光膀子的男人在卖艺。那人就地摊开一块红丝绒，上面放了一堆膏药，他向大伙宣称要用自己的手指遥控三米外的一块砖头跳舞。郭碶没有在人群中找到古里手。两人约了今天一起喝酒，在领袖像下碰头。

郭碶离开卖艺人，往领袖举手指引的正东方那条马路走。还没走出广场，就有人从后面拍了一下他的肩膀。古里手，头上戴了一顶线帽，正笑眯眯看着自己。

"你喝过一回酒了。"古里手快速地吸了几下鼻子，说道。

"三回。"郭毈得意地说。

"等一下。"古里手从郭毈脚边捡起一只草包，底下是一个黑乎乎的深坑。古里手掏出手电筒往里面照了一下。那是一个四五米深的竹尖陷阱，一条白毛小哈巴狗被戳死在那里。

"真厉害。"郭毈说。

"没事，哈。没事，哈。"古里手开心地说。

一群男孩打打闹闹从后面跑来。他们看上去都只有十来岁光景，人人手里握着一只烧酒瓶。他们往嘴里大口倒烧酒，然后呼呼往同伴身上乱喷一气。他们中那个个子最高的男孩忽然掏出一盒火柴，用熟练的动作对着同伴单手发起了火镖。那些被烧酒浇得浑身湿漉的同伴立即将他围在中间，对他装神弄鬼进行挑衅，等他将火镖打向自己就立即蹿到一边。高个儿男孩在失败了几次之后，终于成功地打中了他的一个同伴。那人故作惊慌地怪叫起来，并不急着把身上的火扑灭，而是叫着冲向另外一些同伴，将火引到他们身上。

越来越多的孩子身上着起火来。他们边奔跑边大喊大叫，很快排出了一条蜿蜒的火龙。他们听任火苗在自己身上蔓延，直到衣服上的酒精快要烧完的时候，才一个个跳进广场与马路交界的那条臭水沟里，从底下抓起一把把烂泥糊到自己身上。没等火苗扑灭，他们已经大笑着在水沟里打起了烂泥仗。

"好臭。"郭嘏说。

"太臭了。"古里手说。

两人捂住鼻子，跑了起来。

"喝酒吗？"郭嘏问。

"对，喝酒。"古里手说。

"这个时候酒馆可能不好找。"

"是不好找。"

"天没黑透就都打烊了，怕人冲进店里去放火。"

"有一个地方。"

"哪儿？"

"远点儿，你，跟我走就是。"

"好。"

两人一路小跑，来到一片建在山脚下的旧城区。到处都是歪歪扭扭的老房子，彼此紧挨着，沿坡起伏。郭碫跟着古里手钻进了一条小街，看到前面不远处亮着一大片灯火。在一个用毛竹和绿帆布搭成的大棚子底下，许多人围着一只只小方桌在搓麻，打牌，喝酒。

一个背上拖着一支大辫子的胖女人站在一只热气腾腾的大铁锅前面，在下面条，也许是饺子。她边上，一个满脸长包的男人嘴上叼着一把尖刀，蹲在地上在剥羊皮。他将手掌做成锥形，伸进羊皮底下，将羊皮和底下的肉脂一点点扯开。他看了一眼围在边上的几个流浪汉，笑着取下嘴上的小刀，割下四只带毛的羊蹄，大呼一声，用力将它们扔向街心。那些流浪汉立即飞奔过去，去争抢那几只羊蹄。

古里手领郭碫来到躲在棚子深处的那家茶馆，门口杂木和煤饼堆得老高，因而从外头看，它只是一家很小的店。走进店里，郭碫才发觉这是一个很大的场子。屋子很暗，由四根黑乎乎的大木柱撑着，中间摆了十来排长板凳，后面和两侧各放了几张麻将桌，有几个人趴在那里睡觉，还有几个老头在默默地喝酒抽烟。紧里头，是一个戏台，不过这会儿没人演戏，只有一个中年女人借着从斜上方打过去的一束光在打毛衣，可能因为怕冷，她在身上披了一件翠绿色的大戏服。戏台两侧各摆了一排上下铺的床位，上铺堆着箱子包裹和一些杂物，下铺有几个人在蒙头睡觉。

郭葭朝戏台走去，远远就闻到了一股暖烘烘的体臭味。

织毛衣的女人脚边放着一只大木盆和一只藤篮，木盆里装了四五个红烧羊头，篮子里装了一些油炸江米条、姜汁糖块之类的点心，还有小捆的烟叶，手包卷烟和白酒。古里手一跃上了戏台。织毛衣的女人抬起头来看了他一眼，神情冷漠。古里手向她买了两小瓶烧酒，一只羊头。

"在这儿喝吗？"郭葭问道，接过古里手递来的一小瓶烧酒。

"我白天路过这里几次，一直以为里面是个酒馆，他妈的，是个茶馆。茶馆就茶馆吧，"古里手笑着说，将羊头砰地竖在戏台边沿，冲郭碫扬了一下眉，"就在这里喝了。"

两人一左一右，守着中间的羊头在台口坐了下来。古里手掰开羊头，将上半部分递给郭碫，自己留了下颚部分。他俩举过烧酒瓶碰了一下，低头去撕各自的羊头肉吃。

郭碫的眼睛逐渐适应了屋里的黑暗。他看到前方戏台一侧与观众席之间有一个很大的用石板围起来的敞口粪池，石板比地面高，比观众席里的长板凳低。一个五六岁的小男孩双臂平展，正踩着粪池窄窄的边沿摇摇摆摆地往前走。在他对面，一个老头仰着头，一口一口吁着酒气，对着大粪池吐出一股软弱无力的尿水。他分了很多次，每次都隔了很久，才终于撒完了这泡尿。浑身一激灵之后，老头神情立马变得舒坦，他扯了两下自己的家伙，抬起头来，冲对面的小男孩大吼一声："嗨！跌进去！"

"啊，不会掉进去的，不会的。"男孩不得不停下来向老头撒娇，叫他不要捣乱。

"杀鸡过酒！"老头模仿布谷鸟的叫声笑着咒道。

"哼——"男孩做一个不屑的鬼脸，跳下了石板。

19

旺堆拎着一大串腊肉回到饭店，看到两个门卫烂醉如泥躺在门口，边上有一大片呕吐物和几只空烧酒瓶。真臭，旺堆踢了两人几脚，根本没有反应。他步入大堂，里面空空荡荡，一个服务生都没有。大概都睡觉去了，无论如何，我安全回到了住处，旺堆心想。

空无一人的前台传来粗重的喘息声。旺堆犹豫半天，最终还是走了过去。前台里面，一个男服务生和一个女服务生光着身子搂作一团，正在就地打滚。旺堆舒出一口气，微笑着转过身去，准备回房休息。三个男人突然从外面马路冲进了饭店大堂。跑在前头的是一个头发油腻腻的大胖子，后面追赶他的两个男人一个手里举着浓烟滚滚的火把，一个手里握着一把雪亮的匕首，他俩长得一模一样，而且都穿了一身皱皱巴巴的警服。胖子被后面扔来的火把击中了肩膀，一个趔趄跌倒在地。

"给钱。"莫是和莫非走到胖子跟前，对着他的大屁股一人来了一脚。

"疯掉了，真是的。"胖子嘟嘟囔囔。

"我们要把整个大楼都一把火烧掉。"莫非说。

"把楼里的人都烧死吗？"胖子眯起小眼睛微笑着问道。

"那自然那自然。"莫是答道。

"噢，是这样。那么说来，"胖子突然从地上跳起来，一把撩起傻站在一边的旺堆的僧袍，捏住大钟一般挂在那里的鸡巴，"也包括他吗？这样一位清白无辜不喜欢穿内裤的喇嘛吗？"

"那自然那自然，我们这么穷，还不是因为钱都被这些破和尚给抢走了。"莫非说。

"这家伙鸡巴那么肥，割下来下酒肯定不

错。"莫是盯着旺堆的下身流里流气地说。

旺堆听说如此，不顾一切推开胖子，捂紧自己的鸡巴一溜烟上了楼。

他甩上房门，一屁股坐到地上。这是老项安排的，肯定是老项的安排，他心想，他要先尽情地戏弄我，羞辱我，等玩腻了才会对我下手。就在这时，他听到外面走廊上传来一阵急促的脚步声。他拉开一条门缝，结果大吃一惊：多夕肩上扛着一个女孩正气喘吁吁地走向隔壁房间。女孩一只手臂挂在下面，手掌上还染着一片血糊。她脸上涂满了绿色的油彩，嘴巴半张着，露出四颗尖尖的虎牙。她忽然嘴巴一歪，吐出一只血红的舌头，快速眨巴着眼睛，冲躲在门缝后面的旺堆做起了鬼脸。旺堆急忙关上了房门。

天啊，我刚才还想着要去敲多夕的门，请他过来陪我一阵子。没想到，居然连老实巴交的歌手也开始趁乱胡来了。旺堆走到窗前，掀开窗帘一角，看到远处一团通红的火光，从山脚缓缓向天空蔓延。前面不远处那一大片低矮的平房里传出来喧闹的人声，每条巷子里都有人举着火把在跑来跑去。

"一切神不知鬼不觉，早就开始了。"旺堆自语道，"不知我明天还能不能回到西藏。"他拨了布比家的电话，想弄清楚老项是不是在家里。结果对方接了电话，但半天没说话。话筒里传来咻嚓咻嚓的声响。旺堆好半天才搞清楚是布比在那里擤鼻涕。看来这个疯婆子是在哭，旺堆定下神来，心想。

"布比，来救救我。"旺堆叫道。

"旺堆？"

"我是旺堆，你快过来救救我。"

"你是不是想泡泡想疯了。"

"她和你在一起吗？你们俩一起过来吧。"

"你胆子可真大，泡泡现在是市长的人了。"

"你是说老项吗？我没有这意思，我真没有这意思。"旺堆急忙否认。他听到布比嘿嘿笑了两声，又咻嚓擤了一把鼻涕。噢这个疯女人，以泪洗面的疯女人。

"你要找老项就去市长办公室，他今晚在那儿办公。"

"我没有这意思，我真没有这意思。我只是感到很害怕，所有人都在杀人放火。"

"这跟你有什么屁关系？"

"他们当然很想把我也一把火烧掉。"

"听着不错。"

"布比你今晚住到我这儿来吧。"

"想得美，我才不跟你干呢。"

"不要干，真的不要干。我害怕马上就会有人冲进屋里来杀我。"

"那我过去岂不是连我一起杀？"

"也是，你自身都难保。泡泡在吗？"

"好像在。"

"那你和泡泡一起过来陪我吧。"

"胃口好大。"

"你们俩陪我到天亮就行，你们睡床上，我就在地上打坐。"

"泡泡要跟你说话。"

"好好好，好好好。"

"旺堆，你没死吗？"泡泡趿着拖鞋踢里嗒啦走过来，劈头盖脸问道。

"泡泡，我的感觉绝对没骗我，那些暴徒就是冲我来的。"

"你竟然把那批贝叶经卖给了方向明。"泡泡责备道。

"没有，真的没有，这性命关天的事我哪敢做啊。方向明只是来看了一下，我什么也没给他。你和布比过来就知道了。"事已至此，旺堆说话已不计后果。

"你这下要被操翻了。"布比抹着眼泪幸灾乐祸。

"要不我住到你们那边去。我这就过去。"旺堆开始耍赖。

"哦，真他妈牛逼，直捣龙王府。"布比哈哈大笑，之后又是一把鼻涕。

"他完全疯掉了。"泡泡说。

"泡泡，你现在是身份不一样了。可那时你

和布比来纳当寺，我俩不是做得很好吗？"旺堆突然振作精神猛反击。

"可笑，疯掉了，他连下巴都是假的，"泡泡有些招架不住了，不敢正面对旺堆表态，转向布比求助，"他最多偷看过我洗澡，这有什么？"

"反正我没跟旺堆这种喇嘛干吗，他修行那么差。"布比说。

"你俩都不了解我真正的修行嘛。"旺堆刚找回一点大喇嘛的气魄，忽然听到楼下传来吵闹声，他掀起窗帘一角，看到刚才那一大群举火把的人正吵吵闹闹向饭店方向跑来，"他们来了。"

"他们是谁？"布比和泡泡同时问道。

"这儿太吵了。这儿太吵了。"旺堆语无伦次。

"可你说他妈的到底哪儿安静？"布比大声问道。

"只能是地狱。"泡泡说。

20

　　旺堆念念有词，在房间里走来走去，在各个角落一一撒米：贝叶经已经卖掉，为这镇寺宝器，古董商方向明出了大好价钱，明天我去拉萨，请强巴大画师为纳当寺重新画墙，并塑十尊等身金佛。纳当寺上空从此终年天清气朗，万般吉祥。八福轮的蓝天里，齐聚吉祥的众星，阳光普照如意百莲盛开的大地。当坚固永恒的尊胜宫，被八瑞相装饰之时，我将跪拜大宝佛王。切莫让老项那样贪婪的恶人和他手下的恶狗跟随在我身后。唵嘛呢叭咪吽。切莫让老项那样贪婪的恶人和他手下的恶狗跟随在我身后。唵嘛呢叭咪吽。

　　旺堆从自己箱子里拿了三条哈达，先在门把

手上挂了一条，开始对着门唱赞颂词：由黄金璁玉修饰的门，门楣为黄金，门框为璁玉，犹如左旋之法螺，不会有坏人敌人陌生的恶人来敲门，终日不用开门闩，洁白的哈达要献给它。旺堆给门献完哈达，弯着腰透过猫眼向外面看了半天，确信没有人，突然拉开门冲到楼梯口，将一条哈达系到扶手上，用最快速度唱道：由金刚珊瑚造成的楼梯，扶手为金刚石，阶梯有如珊瑚树，只有玉燕来此把歌唱，坏人敌人不怀好意的恶人走过这里都要跌破头颅摔断腿骨，洁白的哈达敬献于它。他唱完颂词飞一般地跑回房间，把门关紧。他靠在门上歇了一会儿，拿着最后一条哈达走到窗口，把窗户轻轻打开，往楼下看了一下，两个门卫仍一动不动躺在地上，不知是不是被人杀掉了。他把哈达挂到窗外，再次念念有词：饭店里的所有看家狗，门口的、前台的、大堂的、楼层的，遇到玉燕般的泡泡和颜悦色请进来，遇到坏人敌人不怀好意的恶人要露出凶相拼命吠叫逐出门外，洁白的哈达献给你们。

喇嘛旺堆做完这一切，从沙发上拿过一块垫子，正要开始打坐，就听到有人敲门。他犹豫着蹑手蹑脚走到门口，透过猫眼看到外面站着一个剃光头的小眼睛男人，十分的眼熟。噢，对，旺堆终于想起这人来，那个通缉犯。居然连他也被老项搜罗进了自己的阵营。

21

　　两个戴烟灰色工字帽，穿蓝色中山装的老头，佝偻着背沿着被烧得焦黑的林荫道缓缓散步，样子像一对刚在家里吵完嘴的情侣，在大庭广众之下又变得卿卿我我。傍晚的雾气很重，可从他俩东张西望的神气，身上的古怪装束，尤其是贴在上嘴唇的灰白胡须看，郭碬早已认出这是莫是莫非兄弟俩。郭碬还没来得及跟他俩打招呼，两人已经挺直身子骨，朝他飞快地跑来。

　　"我们收到110报警，说你在这里随意攻击路人。"莫是和莫非草草向郭碬敬了一个礼，不等郭碬开口，早已架着他的身体，将他塞进了停在路边的一辆出租车的后座。

汽车停在一幢住宅楼前。莫是和莫非架着郭嘏来到顶楼。一位趿着拖鞋，身穿带淡色小花点睡衣睡裤的女孩打开了门。她的胸脯扁平，脸颊、脖子和脚腕子洁白又丰腴，整个人看上去像是一块磨光的纯玉。想到眼前这块磨光的纯玉上面耸起的两只柠檬般微凸的小乳房，郭嘏不禁心驰神往。

"E姑娘，你要的人犯已经抓到。"莫是莫非对平胸姑娘毕恭毕敬地说。

"我是小E。不过你可不是我要的犯人。"小E笑着说，从上嘴唇边上滑出两只诱人的小虎牙。她牵住郭嘏的手，将他拉进了屋里。

莫是和莫非趴在门外，向前昂着脖子，嘴里呼哧呼哧吐着热气，喉咙底下发出粗哑低沉的声响。

"去，你俩可以走了。"小E朝他俩不耐烦地挥着手。

两人垂下白乎乎的舌头，眼神迷乱，尖尖的塑料假牙上不住滴着口水。小E无奈地撇下嘴角，放开郭嘏，转身去厨房里抓了一块鲜猪肉。她将鲜猪肉扔到他俩面前，然后砰地关上了门。门外传来兄弟俩粗重的抢夺鲜肉的撕咬声。

小 E 坐到沙发上，往嘴上放了根烟，缓缓侧过脑袋，微笑着斜挑了郭嘏一眼，漫不经心地说："猜得出是谁吧，请你过来的。"

郭嘏发现小 E 的裤门开着，说道："你裤门开着。"

"有吗？"小 E 低头撩起了睡衣下摆，露出了一片微鼓的小肚皮肉。

"看错了，是你的睡衣。"

"噢，小滑头，布比说你的手蛮漂亮的，拿出来看看嘛。"小 E 斜斜地往郭嘏夹在大腿中间取暖的手扫了一眼，点上烟，轻甩两下洁白细长的手腕，将火柴棍投进了茶几上的烟灰缸里，又缓缓加了一句，"看看它们有没有资格摸我的奶。"

郭嘏将手伸到小 E 胸前。

"确实蛮好看的嘛，比布比以前介绍过的要

好看得多嘛。"

"一直没有你满意的吗？"

"有一两双我让他们自己好好保养。"

"那你选中了这双吗？"

"你是布比的男人，可以先试一试喽。"小E说着将烟搁到烟灰缸上，打开了睡衣最上面的两只纽扣，向郭碬亮出了那两只幼桃般的小乳房。

郭碬将自己那只细长的手轻轻按到了上面。

"你捏一下子嘛。"小E说。

郭碬在那对小幼桃上轻轻地捏了两下。

"再捏两下子嘛。"小E说。

郭碬又捏了两下。

"嗯，我夜里去西安，跟歌手多夕走。"小E忽然严肃地说道，她将郭碬的手挪开，扣上了衣扣。

"那他一直在说的那个酒鬼就是你。"

"我都好久没喝醉了。"

"你俩第一次见面是在一个花坛里？"

"好像是，反正我记不得了，反正我跟他走

就是了。"

"今晚？"

"今晚。他还不知道我做了这个决定。"

卫生间里传来一串串咕噜咕噜水泡破裂的声响。小 E 忽然显出十分亲昵的样子，问道：

"外面冷吗？"

"脚有点冻。"

"那你洗脚伐？"她缓缓侧起脑袋，歪一下嘴角，从郭龈的双脚向他的脸扫了一遍。

"你真厉害。"郭龈大笑起来。

"我带你去洗脚。"小 E 从烟缸里拿起烟匆匆抽了一口，掐灭，拉起郭龈的手，向卫生间走去。

浴池里浮着满满一缸泡沫。一根蓝色的螺纹塑料管从底下伸到泡沫堆上面，冒出一串串香喷喷的水泡和布比粗哑的嗓音：

"沉，沉，重重重重，跳，脑子，跳，跳，脖子，跳，跳，脑子，扭，心，心，扭扭扭扭，拐，拐，拐，拐，拐弯，心，扭，心，扭扭扭扭，沉，沉，沉，蚂蚁，蚂，蚁，爬，爬，蚂蚁，在啃心脏，蚂蚁蚂蚁蚂蚁蚂蚁蚂蚁，心上到处爬，蚂蚁爬，蚂蚁爬，爬，啃啃啃，在啃心脏，啃心脏啃心脏蚂蚁啃心脏，除掉它们，它们，它们，它们，除掉蚂蚁，除掉心脏，除掉蚂蚁除掉心脏，对，摘下心脏，摘下心脏，摘，对摘，对摘，摘下心脏，对摘，冷啊，不要靠近幸福。厌倦啊，厌倦吹着我，吹向人，吹向毛，毛啊，光阴中的一团毛，变成绒变成须变成棉变成草烧成灰。棉棉棉棉，棉花，棉花中的呜呜呜呜呜咽，黑影里的呜咽，暴雨中的呜咽，太阳下的呜咽，哭成盐水，哭成盐粒，哭成盐柱，哭成水银。重啊，心，水银灌心，急坠，水银灌心破碎，砸碎它算了，心，砸碎砸碎不要，不要看见他们，一个灾星，长尾，毁灭，毁灭毁灭，毁灭毁灭，对着我，向着人。划清我和我，划清，就划清就划清，就划清界线，就划清就划清就划清我和我，界线我和我，界线我和我，灾祸，我和我，切碎它吧心，切碎切碎，对，切碎算了，剁成泥算了剁成泥算了，剁吧剁吧剁吧剁啊快剁啊，快剁快剁，快剁快剁，沉沉沉沉，好重啊，好重啊心，向下，向下，没有人，哪有人，没有人，哪有人，没有人，没有我我和我，没有人在意我和我，没有人在意，没有希望，我和我，爱情，我和我，就这样我和我，好重啊，水银，替换血，盐替换泪，这团棉花包裹的鲜肉，这团光阴流逝中的毛。"

"你的希望来了。"小E脑袋凑近泡沫堆，冲下面大声喊道。

"不会回来了。"透气管里又飞出两个又圆又大的肥皂泡。

"死脑筋。我去找多夕了。"小E走出了卫生间。

"他不会回来了。我又把事情给搞砸了。"

"郭嘏来了。"郭嘏将脑袋凑近泡沫堆大声喊道。

"别骗我了，以为我听不出来，"布比在底下笑起来，"不过真的小E，你模仿得还真有点像郭嘏嘛。"

"郭嘏回来了。"郭嘏再次大声喊道，随后将那支蓝色塑料管塞进嘴里，往里吹了一大口气。

布比哗地从泡沫下抬起她茄子一般光滑的身体，大口喘气。

"小郭嘏？"她抹掉自己脸上的泡沫，迷惑不解地看着面前的郭嘏。

"爱。"郭嘏说。

"我是扫帚星。"布比说。

"爱。"郭嘏轻声说。

"我是扫帚星。"布比说。

"爱。"郭嘏更轻声说

"我是扫帚星。"布比说。

郭嘏捧起布比的脸，亲吻她。

"我多会成人之美啊。"小E又出现在门口，啃着一只松脆的苹果。

"我喜欢这里。"郭嘏捏着布比柔软的腮帮子说。

"亲我吧。"布比说。

"我还喜欢这里。"郭崛手贴着她雪白的脖颈一直伸到她厚实腻滑的背部。

"你抱我吧，我喜欢被抱着。"布比说。

郭崛亲了一下布比，把她从浴缸里抱了起来。啊好重，不过能胜任。郭崛抱着布比走进卧室，将她放到床上。他转过身，将拖油瓶似的跟在他俩屁股后头的小 E 推出卧室，关上了门。

"情场愉快。"小 E 在门外最后祝福道。

"你吃掉我吧。"布比说。

"我确实饿了，要有一瓶烧酒，再来一些点心就好了。"

"小 E 这儿有，你要不要？"布比指了一下床头柜上的一只小藤篓说，里面有一块酱牛肉，一盒火腿月饼，一包糖炒栗子，边上还竖着一瓶烧酒。

"来一口。"郭崛抓过烧酒，拔了瓶塞，一仰头灌了一大口。

"我也要来一口。"布比说。

"你不能喝。我给你带了一点东西。"郭崛从口袋里取出一副木质耳坠递给布比。

"你自己吃吧。"布比说。

"是耳坠。"郭嘏将耳坠挂到布比耳朵上，仰开头看着。

"好看吗？"

"好看。"郭嘏正想去抓篮子里的牛肉，布比一把按住他的脖子，让他吻自己的胸脯。

"我们快点开始吧。"布比说，咬住了郭嘏的耳朵。

"我明天走。"郭嘏说。

"要走了吗？"

"我们一起走。"郭嘏说。

"我不能走。"布比说。

"你能走。"郭嘏说。

"我没地方去。"布比说。

"你能去任何地方。"郭嘏说。

"我不敢走。"布比说。

"你就跟着我。"

"我看不到将来。"布比说。

"是看不到，不用看到。"郭嘏说。

"吃掉我吧，快点。"布比朝天花板举起两条腿，一下夹住郭嘏的腰部，将他拖倒在自己身上。

"好。"

"吃掉我吧。"布比叫道。

"嗯。"

"好了。"布比放开郭嘏，长叹一口气，身体一下子变得松软。

"这么快。"

"我害怕停下来。"

"我不会停下来。"

"我害怕再过一会儿你不爱我了。我想要马上见到结果。"

外面突然传来响亮的敲门声。没等两人重新穿好衣服，莫是莫非两兄弟已经领着唐当当和一个穿紧身豹纹服的人撞门进来。

"你俩那么快就去告密。"郭嘏对莫是莫非两兄弟抱怨道。

兄弟俩装作没听见他说什么的样子，忙着低头清点唐当当扔给他俩的一沓钱。唐当当没等他俩清点完，提起腿一脚将他俩踢出了门外。

"你带他去前进剧院。"唐当当对穿紧身豹纹服的吩咐道，然后又对布比说，"你，跟我去见贺医生。"

"要切脑了吗？"布比说。

"对，马上就切。"唐当当说。

22

又下起了雨。前进剧院门口没有一个人影，地上粘满了踩得稀烂的纸片，一个肮脏的红色充气柱立在台阶前面，上面零零落落挂着几张写有"家具展销"字样的黄纸。充气柱漏了气，弓顶塌陷，变成了 M。

穿豹纹服的男人带郭叚穿过堆满各式家具的弧形走廊，来到剧院大厅。大厅里搭了许多脚手架，一些工人在粉刷破旧的四壁，另一些工人在替换舞台两侧的大射灯。舞台上灯火通明，四五个男人正在用滑轮将一只扁扁的铁笼子吊上半空。铁笼里面关了一个男人，浑身光溜溜只剩一条裤衩。他的脑袋伸在铁笼外头，在不住地转动。由于笼子和他的身体几乎一样扁，除了转动脑袋，他根本不能动弹。舞台两边还有许多这种铁笼子，里面都关了光溜溜的男人，脑袋也都一律卡在笼子外头，也许因为关得太久，大都低垂着。显然，他们脑袋转得太过频繁，一个个全都磨破了脖子，差点就要露出底下的动脉和喉管来。一个小男孩手里举着一根长长的细竹竿，仰着脸，在戳一个笼中男人的阴部。那个人看来早已耗尽了体力，对男孩这种举动没有什么反应。

穿紧身豹纹服的人将郭毈带到了剧场二楼中间的一个包厢里。郭毈看到泡泡光着身体站在一个手持望远镜的男人身后，在给他做背部按摩。那个男人戴一副宽边玳瑁眼镜，身体瘦小，皮肤黝黑，他拿望远镜往舞台上看，同时配合泡泡按摩的动作缓缓地转动脑袋。郭毈认出他是老项。他左右两边各站着一个穿紧身豹纹服的男人，一个手里举着一面黄色的小旗，一个端着一支狙击枪瞄着底下的舞台。

"泡泡。"郭毈轻轻叫了一声。

泡泡转过头来，左右看了一眼，确实是郭碫在叫她，显出十分困惑的样子，仿佛她无法理解怎么突然会有一个陌生人在这里叫她的昵称。

　　举旗的人突然挥了一下手里的小黄旗，持枪的人立即往舞台方向射出一颗子弹。郭碫看到那只刚刚被连人吊上半空的铁笼子重重摔落到舞台上。押送郭碫的豹纹服男人走到老项身后，附在他耳边说了几句。只见老项不耐烦地挥了一下手，那人便立即退回来，带郭碫离开包厢，回到一楼。两人朝舞台走去。

　　郭碫看到刚才从空中摔下来的男人已经连着笼子被人抬走，地上留下一片稠黏的血浆。当他正要往幕后走的时候，忽然听见一个十分熟悉的声音在喊他的名字。喇嘛旺堆，他立即想起来这个人。他抬起头，果然看到旺堆被几个工人用滑轮吊到了半空，由于太胖太大，他身上白花花的肥肉从笼子的铁栏里挤了出来。看来他被装在里面没有多久，精神明显要比笼中另外一些人好得多。

"你怎么会在这儿？"郭嬹停下脚步问旺堆。

"还不是因为这小子，非要横插一杠买纳当寺的那批贝叶经。"旺堆说着往他下方那只笼子费力地晃了一下硕大的脑袋。

郭嬹看到了被关在铁笼里的古董商方向明，后脑勺仍然拖着那束干稻草般的长发。

"欢迎你加入我们的行列，"方向明试图抬起头来，结果没有成功，但仍以自嘲的口气接着说，"我们都将以暴乱者的身份在这里接受公开审判。"

"你等不及了？"郭嬹问道。

"对，越快越好，老这么拖着总不是个事儿。"方向明说。

郭嬹被带到后台，一大群人光着膀子在那里打牌。他们身后，有六七个男人被反手吊在墙上。他们跟外面铁笼子里的人一样，一个个低垂着脑袋，像是已经睡着。在一个角落里，一个电焊工正在焊一只铁笼。他没有用挡光板，只是拿手搭个凉棚挡一下刺眼的白光。刺眼的火花不时从他脑袋底下飞溅开来。郭虾从这些打牌的人边上走过，看到他们是围着一只铁笼在打牌，只不过在上面盖了一块木板。笼子里面也关了一个赤裸的男人，但因为铁笼被翻倒过来当了桌子，这个人的脸一动不动贴着地面，看不出是死了还是活着。

郭虾被带到了后台的一间休息室里。屋里只摆了一张简易长条餐桌，后面坐着一个半谢顶的高个儿老头，戴着一副高度近视眼镜。虽然没剩多少头发，他仍将每一根都梳得整齐油亮。老头抬起头来看了郭虾一眼，之后他眼睛盯着桌面开始提问，再没有看过一眼郭虾，显出一副大牌医生式的成竹在胸爱理不理的神气。

"十五岁。"老头说。

"十六。"郭虾答道。

"为什么来 T 城？"

"因为爱情。"

"年轻人，这样的说法太抽象，不能成立。"

"我不能说出爱情两个字吗？"

"这里的人不习惯谈论一些含糊不清的事物，

你可以换一种说法。"

"我没有别的说法。"

"比如说你为什么要反对市长？"

"他是个虚伪的人。"

"为什么这么说。"

"他装了假肢，听说还染头发。"

"所以你参加了推翻市长的暴乱。"

"我没参加。"

"你也反对新市长，为什么？"

"他更虚伪。"

"明天你将以暴乱者的身份受到公开审判，如果罪名成立，你将被当场枪决。"老头向郭嘏宣布道，依然没有抬头看他。

穿豹纹服的男人走上前来，带郭嘏离开屋子，来到做铁笼子的电焊工前面，说道："替他做一只铁笼子。"

电焊工打量了一眼郭嘏，放下手头的活，走了过来。他从裤兜里掏出一只卷尺，要替郭嘏量身体。郭嘏从腰间掏出那支用五百块钱买的

77式手枪，顶住穿豹纹服的男人腰部，命令道："带我去见布比。"

电焊工突然跳起来扑向郭嘏。郭嘏扣动扳机将他打翻。枪声引起了那些打牌的人的注意，他们转过头来，看了一眼捂着肚子在地上爬来爬去的电焊工，继续回过头去打牌。

"我不知道布比在哪里。"穿豹纹服的男人举着双手说。

郭嘏看了一眼二楼正中间那个包厢，老项已经不在那里。

"带我去见老项。"

"他走了，要去市里。"穿豹纹服的男人说。

"那你先躺一会儿。"郭嘏拿枪柄敲了他的脑袋。那家伙跌倒在地。

郭嘏冲到剧院外面。天色已暗，一辆方头方脑的汽车正在调头，老项和泡泡坐在后排。他跑过去，用枪柄砸碎了车窗玻璃。

"我要见布比。"他拿枪指着老项脑袋说。

"他是谁？"老项看了一眼郭嘏，问泡泡道。

"好像刚才带去过您的包厢。"泡泡看了一眼郭嘏说。

"他为什么要见布比？"老项这回没有看郭嘏，直接问了泡泡。

"你为什么要见布比？"泡泡转过脸来问车窗外的郭嘏道。

"因为爱。"郭嘏说。

"他说他爱布比。"泡泡对老项说。

"爱？它是不是一个考古用词？"老项若无其事地说，仍没看郭嘏。

"不是。它给我力量，扣动扳机。"郭嘏对着老项两条大腿各射了一颗子弹。

老项弯下身去，抱住自己受伤的腿。

"带我去见布比。"郭嘏将枪顶住了老项的后脑勺说。

"带他去贺老六的诊所。"老项对司机说。

郭嘏打开车门，将老项拖出车外，扔在地上。泡泡从对面下了车，跑过来看老项。郭嘏坐进车里，拿枪指着司机脑袋说："去贺老六的诊所。"

23

　　贺老六的诊所空空荡荡，显然，一个塌桥的伤员也没收。郭嘏在门口抓住一个护士，让她带他去手术室。护士看到郭嘏手里握着枪，脸上立刻露出了欣喜的笑容。她转过身，沿着长长的走廊顾自噼噼啪啪跑了起来。郭嘏跟着她拐了几个弯，来到了手术室前。他看到门口就地歪坐着两个穿豹纹服的男人，都已经断气。

　　"你要的人在里面。"护士指着手术室门说，然后转身跑了。

　　郭嘏推门进去，看到一个花白头发的男人躺在床上，边上挂着一瓶盐水，床边小柜子上搁着一只假肢。原来那个虚伪的市长躲在这里，郭嘏心想。他刚从里面退出来，突然看到田无几坐在四轮滑板上，一手飞快地撑着地面，一手高举着一把弯月形勾刀，从走廊一端向他飞奔过来。郭嘏举起枪来。没等他扣下扳机，田无几的滑板车忽然失去控制，一头撞到了墙上。田无几从滑板车上滚落下来，抽搐了几下就不再动弹。一只有力的手从后面抓住郭嘏，将他拉进了一个房间。是古里手，他手里还留着一支毒镖，刚才他便是用这个打翻了田无几。

"那儿。"古里手朝他身后那张病床扬了一下脑袋，脸上露出神秘莫测的笑容。

病床边，贺老六奄奄一息瘫坐在地，嘴角还在缓缓地涌出血来。郭嘏走到床前，揭开床单，看到了布比的脸。她睁着一双大眼睛，不住往外溢着泪水。她看到郭嘏，脸上闪过一丝欣喜，但很快又黯淡下去。郭嘏低下头去吻了她。

"她没有做脑切除，不过她一小时之前打了麻药，一时半会儿说不了话。"古里手说。

"你把她转移到了这里？"郭嘏说。

"是，抢在她被送进手术室之前。"古里手说。

"你投靠了老项？"郭暇说。

"是，本想混口轻松点的饭吃，现在不可能了。我们得赶紧离开这儿。"古里手说。

"你是来道别的吧。"布比忽然开口说话了。

"我是来带你走的。"郭暇说，替她抹掉了泪水。

"我脑子被切掉了吗？"布比问道。

"没有。"郭暇说。

"嗯，妙手回春，比我想象的还神奇，"古里手笑着说，"我来推车，你收好枪，跟在我后面。只要不碰到唐当当，就不会再有人拦我们。"

两人推着布比飞快地冲出诊所，来到马路上。从他们后面传来巨大的摩托车轰鸣声，一个穿着一身紧身黑衣的男人骑着一辆高大的摩托车向他们冲来。

"果然，唐当当。"郭暇叫起来，掏出了枪。

就在唐当当的摩托车飞过一条小巷的瞬间，一个男孩骑着一辆小号自行车从那条小巷里出

217

来，拦腰一头撞上了唐当当的摩托车。唐当当连车带人在马路上接连翻了十来个滚，然后飞出摩托车，落在一堆湿淋淋的仍在冒青烟的柴火旁边。那辆摩托车又贴地滑行了好长一段才停了下来。

唐当当的一根腿骨从皮衣里戳到了外面。那个小男孩一动不动站在巷口，呆若木鸡。不过，除了自行车头尾掉了个个儿，他几乎毫发未损。郭碬跟着古里手走到唐当当边上，看到一股脑浆从他后脑上的破洞里缓缓溢出，他的半边头发已被血完全浸湿了。他还有一点呼吸，身体也仍在轻轻抖动。

"干脆利落。"古里手冲远处的小男孩微笑着说。

"嗨，你走吧。"郭碬对小男孩喊道。

小男孩这才过去扶起了自己的小自行车。他用双腿夹住钢圈，将车把扭正，掉过头，往小巷深处骑了回去。一条浑身湿漉的饿狗从黑暗中无声地走到唐当当面前，将脑袋凑到他脸旁，不住地嗅着。它被火堆里突然爆出的一记噼啪声吓了一跳，倏地往一边跃开一步。它很快又走了回来，低下头继续在唐当当脸上嗅来嗅去。

"你看。又来了一只。"古里手指着黑暗中一对闪着红光的狗眼说道。

"你打算去哪里？"郭碬问道。

"我还得在这儿呆下去。"古里手脸上再次浮出了神秘莫测的笑容。

"他爱上了克克。"躺在滑轮床上的布比说。

"怪不得你一天到晚都泡在克克酒吧里。"郭碬揶揄道。

24

布比不停地推熟睡的郭锻说，醒醒醒醒醒小郭锻醒醒醒醒醒。

郭锻困得要死，哭哭啼啼，说，怎么回事为什么？

布比叹口气说，睡不着，今天看来是不行了。

郭锻说，噢，忘了给你买药。

布比说，我停了一段时间，今天看来是不行了。没那些该死的药脑子里就有无数银弹爆炸，不停地炸不停地炸。我脑子里塞满了银色的烟雾。

郭锻说你是不是睡不着？要不吃点安眠药？

布比说吃安眠药会让人变傻的。我宁愿做疯

子也不做傻子。不过这会儿要有倒也行。

郭碔说吃个中成感冒药应该管用，谁吃了中成感冒药都会马上想睡觉。

布比抓住郭碔的一撮头发提着他的脑袋说真能行吗？我记得你带了中成感冒药。你带了吗？你别睡别睡，要是真管用的话你就替我去倒开水。

郭碔根本醒不了，实在太困太困太困太困，便半闭着眼睛哭哭啼啼下了床，喝醉了酒似的在墙上一撞一撞说，开水在哪里？

布比说开水一定是在水壶里，要不你就烧一点。

郭碔靠在门边想睡觉，心想水壶水壶哪里有水壶？要不就只好去敲隔壁小E的门，去问问她。

布比说你还想着小E啊，咱们现在可不是在她租的房子里，人家早就跟歌手多夕走了。

郭碔说那咱们这是在哪儿啊？

布比说T城郊外的长途车站饭店里，就算

它属于 T 城，咱们也是最后一天呆在这个破城市了。唉，听说杭州是一个谈恋爱的好地方。

那当然那当然，郭嘏睁开一只眼睛说噢，这就是杯子，那这就是水壶，我这就替你倒上，只有半杯，一定是够了，至于那片中成药，应该是在这儿上衣口袋里，总共有两粒。

布比说好好我就吃上两片。这就是一片这就是两片。可药效得过一会儿才会起，这段时间我该怎么办？我可不想睁着眼睛等睡意来，你就跟我做一次爱帮我渡过这难关吧。

郭嘏继续哭哭啼啼，说这件事情我真是无法理解，我是很想睡觉，不过你想做我就跟你做嘛。

布比说我只想要你，你就说你爱我吧。

郭嘏说这还不容易，我本来就爱你嘛。

布比说我只想来一次高潮，你就快一点让我到，越快越好，反正我很容易到，比早泄的男人到得还要快。可这次怎么这么慢，居然还不到。好像不对。

布比开了灯，这下两个人都彻底清醒过来。

布比屁股下的床单上染了一大片鲜红的血迹。

"你他妈的什么破鸡巴？"布比说。

"真该死。"

"居然把我操出血来。"

"真该死。"

"什么破鸡巴？"

"真该死。"

"好像是我的经期提前到了。"

"啊。"

"提前了足足半个月。"布比看了自己那里一会儿说。

"真多啊，是经血吗？"

"错不了。"

"他们说经血很腥的。"

"我的从来不腥。"

"哦。"

"哈哈，床单完蛋了。"布比跷起双腿，大笑着一个后仰翻。

郭砹跑到卫生间，冲掉了自己身上的血。他

出来的时候，布比早已又举着屁股，摆好了架势。"睡意跑个精光他妈的，我们得重新来一次。"她说。

他俩将床单调了个个儿，又做了起来。

"我好了别动了别动了。"布比很快就嚷嚷起来。床单又洇开了一大片鲜血。布比再次跷起双腿，大笑着一个后仰翻："可怜的床单，又一次完蛋了。"

"这下你能睡个好觉了吗？"郭嘏问。

"啊，困死了，这中成感冒药可真管用。"布比打着哈欠说。

"我不困了。"郭嘏说。

"那你也吃两个中成感冒药吧。"布比说，一头坠进梦里。

"我也吃两个吧。"郭嘏说。

清早，郭嘏来到楼层服务台办退房，布比幸灾乐祸地顾自冲下了楼。查房的小姑娘红着脸从郭嘏房间里咚咚咚跑出来，站到他边上，却不敢看他。她跟服务台的小姑娘轻轻说了几句，服务台的姑娘脸也唰地红了，低下头去轻声说：先生能不能等一会。

好的。郭嘏说。

你打个电话吧。查房的姑娘对服务台的姑娘说。

你下去吧。服务台的姑娘对查房的姑娘说。

我回房间等吧。郭嘏说。

那先生不好意思您要不就在房间里等一会吧。

郭嘏回到房间，点了根烟。一会儿，一位穿白毛衣的中年女人轻轻敲了两下他有意敞开的房门。郭嘏看到她站在门口，神色飘忽，显得有些紧张。

先生今天就走吗？她终于问道。

我一会儿就走。郭嘏说。

您不住了是吧。

我不住了。

那好。先生，您能等一会吗？马上就好了。

好。郭嘏说。

那再见。中年妇女机械地点了两下头，微笑

着退了出去。

郭暇抽完一支烟，那位查房的姑娘来到门口，轻轻敲了两下房门。她脸冲着郭暇，但视线却与他错开。先生，您可以结账了。查房的姑娘说。

郭暇重新来到楼层服务台。刚才那位姑娘正埋头填着一张单子。

先生您不住了是吗？

不住了。

先生您能稍等一会吗？

好。

电话铃响了。填单子的姑娘放了笔，拿起电话，安静地听了一会儿。

好，好，知道了。她挂了电话。

我的床单……郭暇提醒道。

您看，先生，我们饭店经理的意思是，您看，真的是不好意思，您能不能付二十块钱的床单钱？

好。郭暇说。这些姑娘以为她还是倒霉的处

女呢，他心想，她们自然就把我当作是野兽了。他听到楼底下传来布比的大笑声。他走到窗前，看到布比已经上了长途汽车，正对着邻座手舞足蹈。

图书在版编目（CIP）数据

独行客/康赫著. -- 北京：作家出版社，2019.4
（2019.8 重印）

ISBN 978 - 7 - 5212 - 0286 - 1

Ⅰ.①独… Ⅱ.①康… Ⅲ.①长篇小说 – 中国 –
当代 Ⅳ.①I247.5

中国版本图书馆 CIP 数据核字（2018）第 269513 号

独行客

作　　者：康　赫	
责任编辑：李宏伟	
装帧设计：申晓声	
出版发行：作家出版社有限公司	
社　　址：北京农展馆南里 10 号　　邮　　编：100125	
电话传真：86 – 10 – 65067186（发行中心及邮购部） 　　　　　86 – 10 – 65004079（总编室）	
E – mail: zuojia@zuojia.net.cn	
http: // www.zuojiachubanshe.com	
印　　刷：北京中科印刷有限公司	
成品尺寸：120 × 180	
字　　数：119 千	
印　　张：7.25	
版　　次：2019 年 4 月第 1 版	
印　　次：2019 年 8 月第 2 次印刷	
ISBN 978 – 7 – 5212 – 0286 – 1	
定　　价：38.00 元